の私ですが、
な御曹司に
ています

★

ルネッタブックス

CONTENTS

Lunetta

第一章

1

五月も半ばを過ぎた土曜日の午後。

「はい、これ」

同僚の野上琴子《のがみことこ》が、二枚の紙片を手渡してきた。

芝居のチケットだ。

黄色い色画用紙に黒一色で印刷し、切り分けられている。印刷が少しずれていて、いかにも手作りという感じがした。

「いつもごめん、本当にありがとう」

申し訳なさそうにしている琴子に、綾瀬川春香《あやせがわはるか》は首を横に振って笑ってみせた。

「ううん、全然いいよ。楽しみにしてるね」

春香のすぐ横の席に座っている金髪の同僚がチラッと手元を見てきたが、すぐに興味をなくしたように視線を戻した。

休憩室は、二十人ほどの同僚で、ほぼ満席だ。

琴子の隣では、彼女の恋人であり、小劇団の団員仲間でもある矢野《やの》武史《たけし》が、テーブルに突っ伏して眠っている。アルバイトを掛け持ちしている彼にとって、昼休みは貴重な睡眠時間なのだ。

春香は大手損保会社、東都《とうと》海上火災の子会社が経営しているコールセンターで、派遣のオペレーターとして働いている。

約四百人いる従業員の大半は、派遣やパート、アルバイトで、社員は十分の一程度しかいない。服装や髪形が自由で、シフトに融通が利きやすいため、同僚には様々なひとがいる。琴子たちのように劇団に入っていたり、声優を目指していたり、バンドを組んでいたり。

おかげでたまに、この仕事以外特になにもしていなくて、黒髪ストレートで服装もごく普通な自分が、ものすごく地味な人間に思えてしまうことがある。

琴子と武史は、約一年前の春、春香と同時にこの仕事を始めた。同期は最初二十人以上いたのだが、一か月みっちり研修を受けて、現場にひとりで出されるようになった頃には、この三人しか残っていなかった。

座ってかかってくる電話を受けていればいいと言うとラクだと思われがちだが、ひとは対面で話すより電話越しの方が言葉がきつくなる。

そのうえ損保会社のコールセンターに電話してくるようなお客は事故を起こした不安から気が立っていることが多く、いきなり怒鳴られたりすることも珍しくない。

ある程度精神的にタフでないと、続けられない仕事なのだ。

「今度のお芝居は、どんなのなの？」

春香はチケットを眺めながら琴子に尋ねた。

『セレンディピティ』という題名と、『奇跡の瞬間』という煽《あお》り文句だけでは、正直内容が全然わからない。

「ううん、なんて言っていいのかな……日常のなかにある小さな発見だとか、ただそこにあるものに感じる美しさだとか、そういうのをパントマイムを交えて表現するっていうか」

「なるほ、ど……？」

聞いても全然わからなかったが、まあいい。

武史が副団長を務めている小劇団は、いつもオリジナルの前衛的な演目を上演していて、見に行ってもよくわからないときが多い。

それでもなんとなく面白いな、と思えるし、琴子のチケットノルマに貢献するのは嫌ではなかった。

「そろそろ、時間だね。武史ーっ、起きなーっ」

遠慮のない手つきで、琴子が武史の後頭部をぺしっと叩《たた》く。むにゃむにゃと、武史の口から言葉になっていない声が漏れる。

十九の頃から付き合いだし、今年で十年になるというだけあって、ふたりの間に流れる空気は、まるで夫婦のような気安さだ。がっしりとした体型の武史と、ショートカットでいかにも活発そうな琴子は、春香から見てもお似合いのふたりだ。

春香は、そんなふたりを羨ましく思っている。

生まれてから二十五年間、恋愛にはトンと縁がない。

淡い初恋の思い出なら、ちょっとだけある。

大学一、二年生の頃だ。当時所属していた写真サークルの部長で、誰からも好かれる太陽みたいなひとに、好意を抱いていた。彼は抜群に写真が上手《うま》く、いつも大勢のひとに囲まれていて、当時から性格も写真の腕も地味というか普通の人間だった春香は、告白しようなんて考えもしなかった。

彼が大学四年の九月にアメリカの大学院に留学してからは、一度も会っていない。

今頃どこでなにをしているんだろうと、時々思う。

「ちょっと待って、お金払っちゃうね」

忘れないうちに、と春香は休憩室のすぐ隣にあるロッカールームへ行き、自分のロッカーから財布を取り出した。

チケットは一枚三千円だから、六千円。ぴったりあった。ついでにスマートフォンを軽くチェックしたが、特に通知はなかった。

琴子がやってきて、隣のロッカーを開けた。

「はい、六千円」

「はい、たしかに。ほんっとにありがとう」

春香に手を合わせて、琴子は受け取ったお金をすぐにしまった。

もうすぐ休憩時間が終わる。仕事部屋には、財布もスマートフォンも、メモ一枚すら、持ち込むことは許されていない。

ロッカーのカギをかけ、休憩室に戻ると、武史がのっそりと体を起こしていた。まだ眠いらしく、まぶたがいまにも閉じてしまいそうだ。

「さ、行くよ」

「……おー」

武史が半目で立ち上がった。

つられたようにパラパラと同じ休憩時間の同僚が立ち上がり、ひとつ上の階へ向かう。

2

大きなビルのワンフロアをほぼまるまる使ったコールセンターには、机を十個集めた島が二十以上整然と並んでいる。東都海上火災の事故第一受け付けである「あんしん１１０番」は、ここ東京支店と大阪支店で、全国からかかってくるすべての電話を二十四時間対応でさばいている。

社員は各島にひとりいて、彼らはスーパーバイザーと呼ばれ、オペレーターでは対応が難しいような案件を担当している。

春香は一番窓側の島に向かい、自分の席についた。向かいの机には、琴子が座る。

チラリと壁の電光掲示板に目をやる。『待ち呼《こ》』と呼ばれる、対応待ちの電話は溜《た》まっていないようだ。

落ち着いて仕事ができそうでありがたい。

イヤホンとマイクが一体となったヘッドセットを装着し、パソコンを立ち上げてログインして、画面上のボタンを押し、『受け可』にする。

すぐに顧客からのコール音が聞こえてきて、春香は背筋を伸ばして電話を受けた。

損保会社にかかってくる電話のほとんどは、自動車事故の案件だ。事故の状況を詳しく聞き、契約者の名前を聞いて契約状況を確認して、本社の担当者に電話を繋《つな》ぐまでが春香たちの仕事だ。もちろん、自転車事故や火事の電話も珍しくない。

この仕事をはじめて二年目に入り、だいたいの案件には戸惑わずに対応できるようになった。

しかしこの日、午後からの仕事をはじめて一時間ほど経《た》った頃にかかってきた一本の電話は、少々勝手が違った。

「大変お待たせいたしました。東都海上火災あんしん１１０番、事故受け付け担当、綾瀬川でございます」

『……アヤセガワ？』

ヘッドセットの向こうから、訝《いぶか》し気《げ》な声が聞こえてきた。

「はい？」

『糸偏の綾に、瀬戸内海《せとないかい》の瀬に、流れる川で、綾瀬川さんですか……？』

「さようでございますが」

よくいるとまでは言わないが、そこまで珍しい名前だろうか。

それに、どこかで聞いたことのある声のような気がする。

春香は戸惑った。

向かいの席にいる琴子が、なにかあった？　というようにチラリと視線をよこす。

「お客様？」

『あ……すみません。ええとですね、ゴルフでホールインワンを決めまして、それでお電話させてもらったのですが』

「さようでございますか、おめでとうございます！」

春香がホールインワンの電話を取ったのは、これで五回目だった。ホールインワンとは、ゴルフの一打目で直接カップにボールが入ることだ。ホールインワンを達成した場合、達成者が費用を負担して祝賀パーティーを開いたり、ゴルフ仲間に記念品を配ったりする慣習がある。それにかかる費用を補うためにあるのが、ゴルフ保険のホールインワン特約だ。

この仕事をしていて、唯一「おめでとう」を言える機会があるのが、ゴルフ保険だ。事故や火事の対応ばかりしているものだから、パッと明るい気分になる。

「いま、どちらからお電話されていますか？」

『まだゴルフ場にいます』

「それでしたら、ゴルフ場の方で発行される証明書をご用意ください。それから――」

これからの流れをざっと説明して、本社の損害課の担当から折り返し連絡する旨を伝えて、最後にお客の氏名と生年月日を確認する。
『高見《たかみ》です。高見、祐樹《ゆうき》』
電話の向こうのお客は、噛《か》んで含めるように言った。
「——高見……っ？」
春香の脳裏に、輝くような笑顔がパッと浮かんだ。
ドクンと、心臓が大きく拍動する。
琴子がまた視線をよこしてきたが、それを気にする余裕もない。
「高見、先輩……ですか？」
春香は絞り出すような声で尋ねた。
『やっぱり。綾瀬川だ』
祐樹の声は弾んでいる。
春香は一気に大学時代に引き戻されたような気分になった。
それと同時に、この通話が最初から最後まですべて録音されているのを思い出した。
これ以上、プライベートな会話を続けるわけにはいかない。
「っ、このあとは、担当者が対応いたしますので、どうぞよろしくお願いいたします」
『あ、は、はい』

春香はマウスをクリックして、電話を切った。お客さまより先に電話を切ってはいけない、なんてマニュアルは、頭から消し飛んでいた。


午後の仕事をなんとかこなし、ロッカールームへ引き上げる。

仕事の途中、一度、上の空だったのが伝わったらしく「あの……聞いてます？」とお客さんに言われてしまい、大いに反省した。

（高見先輩……声、変わってなかったな……）

高見祐樹は、春香の初恋のひとだ。

大学時代、春香の二学年上で、春香が所属していた写真サークルの部長を務めていた。

春香は祐樹の撮る、望遠レンズを見事に使いこなした写真が好きだった。ポートレートも風景も、道端の花を一輪撮った写真でさえも、まっすぐで優しい彼の人柄がにじみ出ているようで、いつまでも見ていられた。

好きになったのは写真の方が先だったけれど、それから自然と、祐樹自身のことも好きになった。

祐樹は明るい太陽みたいなひとで、いつも大勢のひとたちに囲まれていた。それでいて、後輩のこともひとりひとり気にかけてくれる優しさがあった。

春香には、いまも忘れられない大切な思い出がある。

写真のモデルになってくれないかと祐樹に頼まれ、彼の運転する車で夏咲きのキバナコスモス畑へ撮影に行ったことだ。

たった半日のことだったけれど、ふたりきりで過ごせた時間は、夢みたいに楽しかった。

その二か月後、祐樹はＭＢＡの取得を目指し、アメリカの大学院に行ってしまった。それから一度も会っていなかったから、声を聞いたのは五年ぶりだ。

春香はこのコールセンターに勤めていることを、学生時代の知り合いには誰にも話していない。祐樹が電話してきたのは、まったくの偶然だろう。

そして、もう二度とこんな機会はない。

祐樹が東都海上火災の損害保険に入っているといったって、オペレーターは東京だけでも四百人いるのだ。次に電話してきたときには、べつのオペレーターが出るだろう。

そう思うと、胸がきゅうっと痛んだ。

完全に、諦めた恋のはずなのに。

とそのとき、琴子が大きく伸びをしながら引き上げてくるのが見えた。

「お疲れさま」

「いやー、ほんと疲れた……最後のお客さんがめちゃくちゃ話の長いひとで」

「あるある」

基本的に残業はほとんどない仕事なのだが、定時間際に取った電話が長引けば、当然その対応が終わるまでは帰れない。

「春香さ、二時くらいに取ってた電話、あれどうしたの？」

ヘッドセットに引っかかるからと外していたピアスをつけながら、琴子が尋ねてきた。一瞬ドキッとしたが、顔には出さない。

「あ、うん……知り合いだったの、学生時代の」

「へえっ！　それはまた、すごい偶然」

大ぶりなピアスが、琴子の耳たぶで揺れる。

「もしかして、昔の彼氏だったり？」

「違う違う、そんなんじゃないって」

笑いながら顔の前で手を振ると、琴子は不思議そうに首をひねった。

「春香って、可愛いのになんで浮いた話聞かないんだろう。可愛いのに」

「残念ながら二十五年間沈みっぱなしなんだけど、可愛いって二回も言ってくれてありがとう」

「出会い、ないわけじゃないのにね」

「まあそうだけどね」

コールセンターの男女比は、三対七と女性の方が多いけれど、男性ももちろんいる。オペレーター同士だったり、社員とオペレーターだったり、社内結婚も多い。

しかし春香は、そもそも出会いを求めていなかった。

琴子には話したことがないけれど、春香の家は母子家庭だ。離れて暮らしている母のもとにはまだ中学生の弟がいるため、月に五万仕送りをしている。

そのうえ、学生時代にもらっていた奨学金の返済も月三万あるものだから、けっこうギリギリの生活をしていた。

体力がもたなそうで躊躇《ちゅうちょ》しているが、本当は副業したいくらいだ。

いまは自分のことでいっぱいいっぱいで、恋愛のことまで考えられないというのが本音だった。

「琴子は今日もこれから、お芝居の稽古？」

「そ。本番まで、あと二週間切ってるからね」

そう言って琴子は、はあ、とため息をついた。少し疲れた顔をしている。

琴子たちの劇団は、旗揚げして今年で十年になると聞いた。琴子と武史が付き合いだした年数と同じだ。人数は裏方のスタッフを足しても八人と少ない。

十日ほどの公演期間中、春香は二回は見に行くことにしている。五十人も入ればいっぱいになる会場は、いつもだいたい八割程度の入りだ。そのうちの何割が劇団関係者の知り合いなのかは、春香にはわからない。

「なに。稽古上手くいってないの？」

「そうじゃないけど。いつまでこんなことやってんのかなって、最近ときどき考えちゃって」

「ああ……」

琴子はいま二十九歳だ。劇団の活動が経済的にプラスになっているとは思えないし、恋人ともどもアルバイトという不安定な立場にいることが不安になってきても無理はない。

「他人事じゃないよ？　春香だってもう二十五なんだからさ、いつまでも派遣社員やってないで、正社員の口探すなり、婚活するなり、した方がいいんじゃないの」

私みたいになる前にさ、とおどけた口調で付け足され、春香は苦笑いした。

婚活はともかく、正社員の職はそろそろ探してみた方がいいかもしれないと思った。

3

遅れて引きあげてきた武史と合流して、職場を出る。

ビルの外はまだ明るかった。

空調の効いている室内にいたときはわからなかったが、まだ五月だというのに、長袖では暑くてじんわりと汗が滲《にじ》んでくる。

「明日は十度以上下がるらしいよ」

「暑いなら暑い、寒いなら寒いで統一してほしいよね。体がおかしくなっちゃいそう」

気候に文句を言いながら、最寄り駅の方へと足を向けたときだった。

「——綾瀬川」

「えっ？」

名前を呼ばれ、何気なく振り返る。

そこには、いるはずのないひとが立っていた。

「高見、先輩……っ!?」

五年前と変わらない明るい笑みを湛《たた》え、祐樹が片手を上げていた。

変わっているのは、あの頃のような学生らしいラフな服装ではなく、スーツを着ているところくらいだ。

チャコールグレーのスリーピースが、背の高い彼によく似合っていて、見とれるほどかっこいい。

「仕事、お疲れ様」

「あっ……え、どうしてっ……」

状況が理解できずパニックになりかけている春香の隣で、琴子が「わ、イケメン」と正直な感想を漏らした。

武史はその隣で、うさんくさそうに祐樹を見ている。

「知り合い？」

と、琴子が聞いてきた。

「あ、うん……その、昼間の、電話の……」

「あーっ、あの学生時代の知り合い!?」

春香は頷《うなず》いた。

「ごめん。突然で迷惑かなとは思ったんだけど、声を聞いたら、どうしても会いたくなっちゃってさ」

祐樹が信じられないことを言う。

それを聞いて、琴子が肘で春香の脇腹をつついてきた。

「わざわざ会社の場所を調べて会いに来るなんて、やっぱり彼氏だったんじゃないの？」

「ち、違うっ、ほんとにそんなんじゃないんだって！」

「いきなり来られたら驚くよな。その……迷惑じゃなかったら、これから食事でもどうかな」

祐樹の視線の先を追うと、五年前一度だけ助手席に座った国産ＳＵＶ車が路上に停《と》まっていた。いまも乗り続けているのが、ものを大事にする彼らしい。

琴子と武史が、どうするんだろうという感じで春香を見つめてくる。

「……よ、よろこんで」

恥ずかしくて、俯《うつむ》いてしまったが、断るという選択肢は春香にはなかった。


こんなことなら、もっとちゃんとした格好をして来るんだったと、春香は祐樹が運転する車の助手席でかなり後悔していた。

服装が自由な職場なものだから、ざっくりした白い綿シャツに膝下丈のベージュのスカートという思いっきりラフな格好で来てしまった。

祐樹が会いに来てくれているとわかっていれば、せめて化粧だけでもきっちり直して会社を出たのに。

ハンドルを握る祐樹の横顔をチラリと見る。

少しだけ茶色がかった髪も、優し気なカーブを描いた眉も、学生時代から変わっていない。

それでいて、スーツ姿だからか、グッと大人っぽく見えて、つい見とれてしまう。

聞きたいことは山ほどある。

でも喉になにか詰まっているように、言葉が上手く出てこなかった。

春香と祐樹は、ふたりしてしばらく黙ったままでいたが。

「あのさ……」

「あの……」

同時に声をかけてしまい、同時に口をつぐむ。

気まずい。

「ど、どうぞ」

「綾瀬川から、どうぞ」

祐樹に促され、再び口を開く。

「えっと……ホールインワン、おめでとうございます」

「ありがとう」

本当に言いたかったのはこういうことではなかった気がするのだが、祐樹が嬉《うれ》しそうに笑ってくれたのを見てホッとした。

「ゴルフには、よく行かれるんですか?」

「仕事の付き合いで、月に二、三回かな。俺いま、父親がやってる会社を手伝ってるんだけど、取引先のお偉いさんは年配のひとが多くて。親の世代はゴルフ好きだよね。若いひとはそうでもないけど」

どのくらいの規模かは知らないが、祐樹の実家が会社を経営しているという噂《うわさ》は、大学時代に聞いたことがあった。

「……アメリカからは、いつ戻られたんですか」

「二年前。向こうにいる間は、一度も日本に戻らず死に物狂いで勉強してたよ。そして帰ってきたら、綾瀬川の連絡先が通じなくなっていて、焦った」

「あ……ご、ごめんなさい」

「怒ってるわけじゃない」

連絡しようとしてくれていたなんて、知らなかった。

嬉しくて、そして、申し訳なかった。

「でも、写真サークルの連中の誰にも新しい連絡先を教えていないなんて、なにかあったのかと心配はした。元気そうでよかった」

「……すみません」

と、再び謝ってしまう。

なにかは、あった。

春香は大学卒業後、社員約五百人の文具メーカーに就職した。ところが、たった一年でその会社は倒産してしまったのだ。

普通に考えれば、第二新卒として時間をかけて就職活動すれば、正社員の職を得ることはできたのだろう。しかし実家に少なくない仕送りをしていた春香は、その時間を惜しみ、すぐに給料がもらえて時給も高めな派遣社員として働くことを選んだ。

それは自分で納得したことのはずだった。でも心のどこかに、正社員としてバリバリ働いている皆に知られるのが恥ずかしいという思いがあり、ちょうどその頃スマートフォンを水没させてしまったのを機に、電話番号やSNSをすべて変更してしまった。

自分には、母に似たところがあるなと、こういうとき思う。

人間関係のリセット癖とでもいうんだろうか。介護職の母は二、三年ごとに仕事場を変え、そのたびに以前の人間関係を綺麗《きれい》さっぱり清算してしまう。そんなだから、親戚づきあいもほとんどしていない。

母ほどではないが、春香にもそういうところがあり、中学を卒業したときにも同級生の連絡先をすべて消去してしまったことがあった。

あまり雰囲気のいいクラスではなかったからだ。おかげで同窓会など開かれていたとしてもまったく連絡はこないが、なんの後悔もない。

祐樹はカジュアルなイタリアンの店の前で車を停めた。

店から出てきた客が、ジーンズを穿《は》いているのを見て、春香はホッとする。服装で肩身の狭い思いをすることはなさそうだ。

賑《にぎ》やかな店内に入り、ちょうど空いていた窓際の席に座る。

何度か来たことがあるのか、祐樹は春香に相談しながら慣れた様子で料理を何品かオーダーした。車で来ているので、アルコールは頼まない。

ふたりはノンアルコールのカクテルで乾杯した。

グラスをテーブルに置き、祐樹がじっと見てくる。目力のある祐樹にそんなふうに見られると、春香は落ち着かない。

「……先輩？」

「いや……なんか夢みたいで。もう二度と会えないのかもしれないと思っていたから」

夢みたいなのは自分の方だ。

また会えるなんて、まったく思っていなかった。

あと一秒電話を取るのが遅かったら、別のオペレーターが対応していたと思うと、不思議な縁だ。

「……写真サークルのみなさんは、お元気ですか」

本当は祐樹自身のことが聞きたかったのだが、なんだか気恥ずかしくて、主語を大きくしてしまった。

「みんな変わらないよ。一年に二回くらい、だいたい日帰りで撮影会してる。今年はこの前、ネモフィラの花畑に行ってきた」

「ひたちなかの？」

茨城県ひたちなか市には、ネモフィラで有名な公園がある。

「そうそう。綺麗なんだけど有名になり過ぎてひとがすごいから、夜に車で出発して、むちゃくちゃ早い時間に撮った」

春香はネモフィラの咲き乱れる花畑でシャッターを夢中で切る祐樹を想像した。見たかったな、と思う。ネモフィラではなく、祐樹を。

「綾瀬川は、写真、続けてないのか？」

「んー……私のデジイチは、もう弟のおもちゃになってますね」

春香は苦笑いした。

春香のデジタル一眼レフカメラは、写真サークルに入ったときに買った、初心者用の手軽なものだ。祐樹が使っているようなプロ仕様のものとは全然違うし、替えのレンズも一本しか持っていない。使っていないならちょうだいと、数か月前中学生の弟にねだられて渡してしまった。

店員が来て、料理がテーブルのうえに並べられる。

カプレーゼも鴨《かも》のモモ肉のグリルもとても美味《おい》しかった。

初めは緊張していた春香だが、祐樹が話す写真サークルの思い出話は楽しく、気付けば声を立てて笑っていた。

「――よかった」

「え？」

「笑ってくれて。俺、これでもけっこう緊張してたんだ」

「先輩が？」

意外な言葉に、目をパチパチさせてしまう。

「アメリカからメッセージ送っても、綾瀬川そっけなかったし」

そういえば二、三か月に一度程度、短い言葉とアメリカの景色の写真がスマートフォンに届いていたが、それはみんなに送っているんだと思っていた。

「日本に戻るってメッセージには、返事がないし」

そのときにはもう、連絡先を変更してしまっていたので、届いていない。

「……すみません」

春香は肩をすぼめて小さくなった。

「ああっ、ごめん、責めてるわけじゃないんだ……いや、やっぱり責めてるのかな。違うな。拗《す》ねてる。うん、そんな感じだ」

納得した、というように、祐樹がうんうんと頷く。

「拗ねてる……」

先輩が？　と信じられない思いでいる春香から目を逸《そ》らして、祐樹は苦笑いした。

「俺だけは特別だと思ってたんだ。他のみんなとは音信不通になっても、俺にだけは連絡をくれるって思い込んでた。まあ自惚《うぬぼ》れだったわけだけど」

春香は口を開いて、また閉じた。

祐樹がそれほど、春香に親しみを感じてくれていたとは。嬉しかったが、手放しでは喜べなかった。

「先輩は……」

「うん？」

近況は聞いたけれど、一番聞きたかったことはまだ聞けていない。

写真サークル時代、祐樹の隣にはいつも、祐樹と同級で副部長の二宮若菜《にのみやわかな》がいた。若菜は目鼻立ちのハッキリとした華やかな美人で、祐樹の写真のモデルを務めることも多かった。

春香は、ふたりは当時、恋人同士だったのではないかと思っている。

祐樹が撮ったポートレートのなかで、若菜はいつも熱っぽい視線をカメラに向けていた。

春香が、他の写真サークル部員たちと一緒に祐樹のことまで切り捨ててしまえたのは、そのせいもある。

いまも、ふたりは付き合っているんだろうか。

知りたいけれど、知りたくなかった。

今日くらいは、わざわざ会社の住所を調べてまで会いに来てくれた、自分だけの祐樹でいて欲しかった。

だから、全然違う話題を振った。

「テンダーボーイのベスト盤、買いました?」

「買った買った、テンダーボーイ! 懐かしいな!」

と、祐樹が破顔した。

テンダーボーイは、春香と祐樹が大学時代大好きだった、四人組のロックバンドだ。

一度だけ春香が祐樹の写真のモデルを務めたとき、そのお礼にライブに連れて行ってくれるという話だったのだが、突然解散してしまって、その話は立ち消えになった。

ベスト盤は、解散の半年後にリリースされた。

いかにもレコード会社が最後にひと稼ぎしたかったんだろうなという感じの、シングル曲を寄せ集めただけのものだったが、春香も購入した。

その後はしばらくテンダーボーイの思い出話で盛り上がり、三十分ほど経ったところで、祐樹がじっと見てきた。

「……そろそろ行こうか」

「あ、はい」

気付けば店に入ってから二時間を過ぎていた。名残惜しいが潮時だろう。

「それで、あの……」

「はい？」

「新しい連絡先は、教えてもらえる？」

祐樹は緊張した面持ちをしている。

脳裏にちらりと若菜の顔がよぎったが、春香は頷いた。

「はい、もちろん」

お互いスマートフォンを取り出して、ＳＮＳの番号を交換する。

今日だけじゃない。

また、次があるんだと思うと、胸のなかが温かくなった。

「嫌だって言われたら、どうしようかと思った」

「言いませんよ、そんなこと」

「なら、よかった」

スマートフォンの画面を見つめて、祐樹がフッと笑う。

「綾瀬川の仕事は、いつが休みって決まってるのか？　土日休みって感じじゃなさそうだよな？」

「私は基本的に、日月休みです」

もちろん、誰かと交代するよう頼まれて他の曜日に休むことは、たまにある。

「それじゃあ、明日休みか」

祐樹が春香の方に体を乗り出してきた。

「よかったら明日、写真美術館に行かないか？」

そこなら写真サークル時代に、何度か行ったことがある。

「なにかいい企画展やってるんですか？」

「月刊デジタルカメラが年に一回公募してる写真コンテストの受賞作が展示されてるんだ。今年は写真サークルのＯＢからふたり、受賞者が出ている」

残念ながら、俺じゃないけど、と祐樹が小さく舌を出す。

「すごい、ふたりも」

アマチュアの学生からプロの卵まで、全国から相当な数の写真が集まるコンテストだ。受賞するのは簡単なことではない。

「思い出すな、俺たちが入選したときのこと」

「……入選したのは、先輩です」

俺たち、という言葉に顔が熱くなる。

祐樹に頼まれて、コンテスト用の写真のモデルになったのは、彼が大学四年生、春香が二年生のときだった。夏咲きのキバナコスモスの花畑で、ノースリーブの白いワンピースを着た春香が膝を抱えてしゃがんでいる写真は、顔ではなく手の先辺りにピントを合わせてあった。

モデルに選んでくれたことも、写真が入選したこともとても嬉しかったけれど、祐樹がよく撮る若菜のポートレートのように顔をハッキリ写さなかったことに、少しだけガッカリしたのも本音だ。

「それで、モデルをしてくれたお礼に、テンダーボーイのライブを奢《おご》ろうとしたら……」

「……電撃解散しちゃったんですよね」

ふたりで同時にため息をついた。

テンダーボーイのライブは、ボーカル兼ギタリストが最後にギターを壊す真似《まね》をするのがお約束だった。それがある日、ライブの中盤辺りでボーカルが本当にギターを壊して舞台から下りてしまった。

そのあと、彼が舞台に戻ってくることはなかった。

春香は祐樹とふたりきりでライブにいけるのを心待ちにしていた。チケットだって、もう取ってあった。

それなのに、解散。

そしてそのショックが癒えないうちに、祐樹はアメリカ行きが決まって、慌ただしく出国してしまった。

「考えてみたら、つまり俺は、まだ綾瀬川にモデルになってくれたお礼をできていないってことだよな」

「いいですよ、そんな」

「よくない。なにか欲しいものはないか、考えておいて」

「ええ……」

ものをもらうのはよくない、と反射的に思う。

見るたびに祐樹を思い出してしまう。恋人でもないのに、そういうのは、いつかつらくなりそうだ。

食事を奢ってもらうとか、その辺りで手を打ちたい。

「……考えておきます」

「うん」

祐樹が満足げに微笑《ほほえ》む。


帰りは春香が一人暮らししているアパートの前まで、祐樹が車で送ってくれた。

食事代は、祐樹が当たり前のように奢ってくれようとしたが、それならそれをモデルのお礼にすると春香が言ったら、嫌だったらしく、千円だけ受け取ってくれた。

「それじゃ、明日十一時頃迎えにくるから」

「はい、ありがとうございます。おやすみなさい」

四階建てのアパートの二階、一番手前の１Ｋが春香の部屋だ。築年数はそんなに新しくないが、内装は綺麗で、けっこう気に入っている。

春香が部屋に入るまで、祐樹は車を出さず、見守っていた。

家に入った春香は、手も洗わずにベッドに直行し、バフっと仰向《あおむ》けになった。

まだ現実味がなくて、自分がふわふわ浮いている心地がする。

祐樹は変わっていなかった。五年の月日が嘘《うそ》みたいだ。

明るくて、楽しくて、まるで太陽みたいだ。

自分はどうだろう。祐樹の目には、どんなふうに映ったのだろうか。少しは大人の女性らしく見えていればいいのだけれど。

明日も会える。

そう思うと、心がぽかぽかしてくる。

いまから服を買いには行けないけれど、せめて今日よりはましな格好をしていきたい。

第二章

1

約束の十一時ギリギリまで、春香は服や化粧に迷った。

クローゼットの中身をひっくり返しても、コレだ、という一枚は出てこない。結局、いくらかでもましに見えそうな小花柄のギャザースカートと、裾にレースをあしらったカットソーを着ることにした。

普段ごく簡単にしかしない化粧も、三十分かけて仕上げた。

気合を入れたのは、特に目元だ。

アイシャドウもアイラインもマスカラもしっかりした。あまり大きくない目が、少しでもパッチリして見えればいいなと思う。

全身が映る鏡で、自分を見る。

仕事に行くときよりはいくぶんましだが、自信を持って祐樹と並んで歩けるかというと、微妙なところだ。

祐樹がカッコよすぎるのが悪い、と、なにもかも彼のせいにしたくなる。

気が付けば時計は十一時を指していた。急いでバッグを持ち、桜色のパンプスを履いて、玄関を出る。

祐樹はもう来ていた。見慣れたＳＵＶがアパートの前に停まっている。こちらに気が付き、笑顔で手を振ってくれた。

小さく手を振り返して、彼の元へと急ぐ。

「お待たせしちゃってすみません」

「いや、いま来たところ」

今日の祐樹は、昨日とは打って変わってラフな格好をしていた。涼し気なスカイブルーのシャツがよく似合っている。

助手席に乗り込む。

まるでデートみたいだと、心が弾んだ。

車が滑るように走りだした。

写真美術館は、恵比寿《えびす》駅からほど近いところにある。写真サークルに入っていたとき、何度かみんなで行ったことがある。

向かっている最中、春香は祐樹との距離の近さに少し緊張していたが、祐樹は上機嫌でよく喋《しゃべ》った。

話題は今日も、写真サークルのみんなのことや、テンダーボーイのことが大半だった。

恵比寿には、三十分ほどで着いた。

地下一階、地上四階建ての写真美術館には、展示室が三つある。いまは三階で収蔵作品展、二階で昭和に活躍した写真家の回顧展、そして地下一階で月刊デジタルカメラの写真コンテストの受賞作が展示されているらしい。

春香と祐樹は、一階の受付でチケットを購入して、地下へ降りた。

日曜なだけあって、会場は大勢のひとで溢《あふ》れていた。

順路に沿って、展示されている写真をゆっくりと見て回る。

「あっ……」

三分の一ほど進んだところで、春香はまず一枚、ふたつ上の先輩の入選作を見つけた。

すぐにわかったのは、モデルが元副部長の二宮若菜だったからだ。相変わらず美しく、挑むような強い眼差《まなざ》しでこちらを見ている。

「若菜は、写真映えするよな」

「ほんと、相変わらずお綺麗です」

自分とは違い過ぎて嫉妬する気にもならず、春香は見とれた。

「広告代理店に就職されたんでしたっけ」

「そうそう。いつも忙しそうにしてるよ」

学生の人気就職先ランキングで十位以内常連の会社だ。若菜は見た目だけの女性ではなく、中身もとても優秀なのだ。

「二宮先輩とは――」

どうなっているんですか、と聞きかけて、口をつぐむ。

そんなことを聞いてどうしようというのだ。

「たまに会ってるよ」

祐樹は頓着せずに答えた。

「みんなでね」

「そう、ですか」

春香は小さく俯いた。

自分ばかりがヘンに意識してしまっているようで、恥ずかしくなる。

「……みなさん、いまも写真続けて頑張ってらっしゃるんですね」

いまの春香には、趣味と呼べるものがなにもない。

毎日は、職場と家の往復で終わる。

休日は自分の家の家事を片付けるか、そう遠くないところにある実家にたまに帰って、そちらの家事を片付けるかだ。

いまの暮らしに大きな不満はないが、ときどき空《むな》しくなる。

「綾瀬川も、また写真やってみたらいいのに。俺のもう使ってない機材、あげようか？」

「え、そんな、いただけません」

慌てて顔の前で手を振った。

祐樹はあの頃、誰よりも高価なカメラやレンズを使っていた。

もう使っていないものといっても、きっとレンズ一本で何十万もするに違いない。とても気軽にもらえるものではない。

「わかった。じゃあ、貸すよ」

ハイ決定、という感じで、足を止めていた祐樹が歩き出した。

その後ろをついて歩く。

もう一枚の写真サークルＯＢの写真は、シマエナガらしき小鳥が、いままさに飛び立とうとしている瞬間だった。

シマエナガが蹴った枝から散った雪の粒まで、ハッキリと写っている。

「いい望遠レンズ使ってるなあ」

祐樹がまじまじと写真を見つめて羨ましそうに言った。

「先輩だって、持ってるんじゃないですか？」

「持ってるけど。なかなかこういう根気よくシャッターチャンスを待たなきゃいけない自然写真は撮りに行けないから、羨ましいよ」

「お忙しそうですもんね」

あまり気にしないようにしていたが、祐樹は社長の息子なのだ。きっと会社内で重要なポストについているはずだ。

休日だって、今日はたまたま空いていたから誘ってくれたのだろうが、普段は取引先とのゴルフなどで埋まっていることだろう。

そう考えると、こうして一緒にいるいまが奇跡みたいに思えてきた。

「――綾瀬川？」

足を止めてしまった春香の方を、祐樹が不思議そうな顔で振り返ってくる。

「どうかした？」

「いえ」

次はいつ会えるんだろう、なんて考えてしまった。

今日誘ってくれたのは、たまたまお互いの知り合いの写真が展示されているからであって、自分と祐樹は、約束を交わすような仲ではないのに。

また誘ってくれることもあるかもしれないが、それはきっと、写真サークルのOB会などで、ふたりきりということはないだろう。

そしてOB会には、ずいぶんと不義理を重ねてしまっているので、正直顔を出しづらい。

「ほんとにまたやるといいよ、写真」

「え？」

「俺、好きだよ。綾瀬川の写真。ボケの使い方が優しくて」

「……ありがとうございます」

大学四年間ずっと写真コンテストに応募し続けて、一度も入選したことのない自分の写真を、そんなふうに言ってくれるのは嬉しかった。

「今度、撮りに行こう。景色のいいところへ。海でも山でもいい」

祐樹が屈託なく誘ってくる。

今度はきっとみんなで行くのだろうなと思いながら、春香は「はい」と頷いた。

2

休みが明けて火曜日。

職場に着くなり、武史の隣にいた琴子が目をキラキラさせてこちらにやってきた。

「おっはよー！」

「お、おはよう」

勢いに押され気味の春香の腰を肘でつつき、琴子が尋ねてくる。

「で、あのあとどうなったの？」

「あのあとって？」

わかっていて聞き返す。

「もーっ、あのイケメンに決まってるじゃないの。食事に行って？　それで？」

「家まで送ってもらったよ」

「それだけ？」

拍子抜けしたような顔をされた。

「それだけ」

嘘はついていない。

金曜の夜は、本当に食事して送ってもらっただけだ。

「あのひとってどういうひとなんだ？　学生時代の知り合いらしいけど」

武史はうさんくさそうな顔をしている。

「もーっ、まだ疑ってる」

「え？」

「武史ったらさ、学生時代の知り合いが久しぶりに会って話そうとするなんて、ネズミ講かなにかに決まってるって、あのあとずっと言ってたんだよね」

その発想はなかった。

「心配してくれるのは嬉しいんだけど、本当にそんなんじゃないの、大学時代に入ってた写真サークルの部長で」

「写真サークルの部長だってネズミ講にはまることはあるだろう」

「お父さんが会社をやってらして、彼もそれを手伝ってるみたいだから、お金には困っていないと思う」

「なにそれ、御曹司ってやつ？」

琴子が身を乗り出してくる。

「ううん……どのくらいの規模の会社とか、全然知らないから、なんとも……」

「でもすごいじゃない。それで？　次会う約束はしたんでしょ？」

今度の日曜日、天気がよかったら写真を撮りにいこうという話にはなった。

ただ、きちんと確認したわけではないがふたりきりでという言葉は出なかったし、週間天気予報では週末は日中八十パーセントの確率で、雨らしかった。

「うん、まあ……たぶん、そのうち……」

「なによ、ハッキリしないなあ」

琴子はもどかしそうだ。

一方武史は、もうこの話に興味をなくしたのか、スマートフォンをいじりだしている。

「——おっ、テンダーボーイ」

「えっ？」

武史の口から飛び出たバンド名に、思いっきり反応してしまった。

「好きなのか？　ほら」

武史が見せてくれたスマートフォンの画面には、テンダーボーイ再結成というニュースの見出しが躍っていた。

3

その夜、春香が祐樹にテンダーボーイ復活のニュースをＳＮＳで伝えるとすぐ、興奮気味に電話がかかってきた。

『絶対、初日のチケット取ろうな』

「はい」

『またいつギターぶっ壊して『やっぱり解散』って言い出すかわからないから』

「ほんとですよね」

テンダーボーイのフロントマンである向田《むこうだ》は気まぐれだ。

ステージの上で酒を飲みだしたり、二、三曲演奏しただけで気分が乗らないからと帰ってしまったり、様々なことをやらかしてきた。

ファンにしてみれば、そんなところも魅力だったりはするのだが、またすぐ解散してしまうかもとハラハラしてしまう。

いまのところ、東京《とうきょう》と大阪《おおさか》、名古屋《なごや》で計四公演予定されているらしいが、初日の東京公演に行くということで、ふたりの希望は一致した。

『チケット代は俺が出すよ。あの日、モデルになってくれたお礼に』

「ありがとうございます」

春香は気持ちよく奢られることにした。

五年越しにようやく約束が果たされると思うと、感慨深いものがあった。

ライブの話が終わり、今週末の撮影会の話になる。

「日曜日、お天気だめそうですね。残念ですけど」

『降水確率、八十パーセントだもんな』

祐樹も残念そうだ。

『来週に延期ってことでいいかな？』

「はい。それで、今週末なんですけど……」

少し緊張しながら、日中考えていたことを口にする。

「私の友人が劇団をやっていて、土曜日からの公演のチケットが二枚あるんです。よかったら、一緒に見に行きませんか」

公演期間は十日間ある。

日付指定のない自由席券だからひとりで二回行こうと思っていたけれど、祐樹と一緒にいけるならそれに越したことはない。

『芝居を観《み》るなんて久しぶりだな。楽しみだ』

祐樹は声を弾ませた。

自分から誘うのは勇気がいったが、言ってみてよかった。

『どういう内容なんだ？』

それを聞かれると弱い。

他に説明しようもないので、琴子から聞いた内容をそのまま言う。

「……日常のなかにある小さな発見だとか、ただそこにあるものに感じる美しさだとか、そういうのをパントマイムを交えて表現するらしいです」

『なるほ、ど……？』

電話の向こうで首を傾《かし》げている祐樹が目に浮かぶ。

春香も琴子に聞いたとき、正直ぜんぜんわからなかったから、無理もない。

『まあ観ればわかるか』

「た、たぶん」

琴子と武史たちの劇団の舞台は、観てもよくわからないことが大半だとは言えなかった。

「あ、そうだ。チケットまだ追加できるんですけど、今週末、撮影に誘おうと思ってた方っていました？」

客席はなるべく埋めたいから、もしいるならと思ったのだが。

『いや、俺は綾瀬川とふたりで行くつもりだったけど？』

祐樹は当然のようにそう言った。

「あ……そ、そうでしたか」

正直、嬉しかった。

今週末も、来週末も、ふたりで会える。

とりあえず今度の日曜の待ち合わせの時間と場所を決めている間、春香の胸はずっとポカポカしていた。

4

翌日の仕事を定時であがり、春香は久々に繁華街へ出た。

街を歩くひとたちの服装は、長袖と半袖が半々という感じだ。

ファッションビルに入り、夏物の服を買い足そうと、よく行くファストファッションの大型店に入ろうとして、思い直す。

けっしてお金に余裕があるわけではないけれど、いまよりもうちょっとだけお洒落《しゃれ》な、カジュアル過ぎない服が欲しい。

しばし迷って、エスカレーターで小さめのショップが並ぶ階へ上がり、左右のショップをゆっくりと見て回った。

店頭に置かれたマネキンが着ている服は、もうすっかり夏物だ。

どれもファストファッションのものより個性的だったり凝っていたりして、見ているだけで気分が弾んだ。

「あ……」

春香はあるショップの前で足を止めた。

いままで一度も買ったことのないブランドだが、マネキンが着せられているワンピースに目を引かれたのだ。

爽やかなライトグリーンのそのワンピースは、半袖にロング丈で、触れてみるとさらりとした手触りだった。

「よかったら、着てみませんか」

中から出てきた店員が、にこにこしながら声をかけてきた。

春香はタグについていた値札をさりげなくひっくり返した。想像より五千円以上高い価格に一瞬怯《ひる》んだが、見れば見るほど素敵で、気が付けばワンピースを手に試着室に入っていた。

着替えてみると、サイズもピッタリだった。顔色が明るく見えるのもいい。

「よくお似合いですよ」

店員の言葉に、ますますその気になる。

「冷房で寒いときなど、こちらのカーディガンを羽織っていただくと、さらに素敵だと思います」

とどめを刺すように店員が肩に掛けてきた優しいオレンジ色のカーディガンは、ワンピースによく合った。

「……両方いただきます」

しばらくランチはお弁当を作っていこうと心に決めた。

「ありがとうございました」

店員に見送られ、紙袋を手に店を出る。

財布は軽くなったが、足取りも軽くなった。

このワンピースを着て、祐樹に会うのが楽しみでならない。自分にこんなにお金を使うのは久しぶりだ。そのことに罪悪感を抱かないのも。

5

春香は祐樹と再会して以来、自分が浮かれていることを自覚した。

日曜の午後三時過ぎに、春香は買ったばかりのワンピースとカーディガンを着て、下北沢駅に来た。天気予報は雨だったたし、家を出たときには降っていたが、電車を降りたときには止《や》んでいた。

待ち合わせの時間は午後三時半なので、まだだいぶ早い。やっぱり浮かれているなと自分で思う。

周囲を見るとさすが下北沢というべきか、どこの国の衣装なのかもわからないような個性的なファッションのひとが大勢いた。

祐樹は待ち合わせ時刻ほぼぴったりにやってきた。

淡いブルーのTシャツの上に、カジュアルなジャケットを羽織っている。なにを着ていても様になるなと、つい見とれてしまう。

「お待たせ……」

少し驚いたような顔をして、じっとこちらを見てくる。

どこか変だったかと、春香は内心動揺した。

気合を入れ過ぎて、化粧が濃すぎたか。

「あ、あの……？」

「ああ、ごめん、まじまじ見ちゃって。ふたりで撮影に行ったときのことを思い出してた」

夏咲きのキバナコスモスの花畑に行ったときだったら、春香は真っ白いワンピースを着ていたはずだが。

「キバナコスモスが、そんな色をしてたなって」

「あ、そっちですか。フフ」

ホッとして、つい笑ってしまった。

つられたように、祐樹も笑う。

「その服、すごい似合ってるよ」

「ありがとうございます」

照れくさいけど嬉しい。ちょっと頑張って買ったかいがあった。

「それじゃ、行きましょうか」

春香は祐樹と並んで歩きだした。

東口から歩いて五分ほど行ったところにあるビルの、地下一階の小劇場が、今日の目的地だ。

下北沢には、同じような小劇場がたくさんある。琴子たちと友達になってからはよく来るようになった。

両脇にベタベタとチラシが貼ってある階段を下りるとき、祐樹は物珍しそうにしていた。こういうところにくるのは、初めてなのかもしれない。

入り口のところにいたスタッフにチケットを二枚渡し、なかに入る。

五十人も入ればいっぱいになる客席は、まだ半分ほどの入りだ。自由席なので、座るところはどこでもいい。このくらいの広さだと、一番後ろからでも十分に役者の表情が見えるし、前過ぎると迫力で少し疲れてしまうので、後ろから三列目の中央辺りにすることにした。

パイプ椅子の上に置かれている十枚ほどのチラシを取り、席に座る。チラシはすべて、近隣の小劇場で上演されている芝居のものだ。

この日のチラシも混ざっていたので、「これです」と祐樹に見せる。

「ありがとう」と受け取って、祐樹は裏面の説明書きを熟読していたが、やっぱりちょっと首をひねっていた。

開演の午後四時が近づくにつれて、徐々に客席は埋まっていった。はじまる直前には空席は数えるほどになっていたから、上々の入りだろう。

客席の電灯が落とされる。

シンと静かになり、観客の視線が舞台に集中する。

幕が開くと、両手を開き爪先立ちになった琴子が現れた。

全裸なのかと、一瞬ドキッとしたが、首まであるベージュの全身タイツのようなものを着ているようだ。

軽やかに、無表情で、琴子が踊る。高校二年までバレエを習っていたというだけあり、優雅で指先まで美しい動きだ。

そこから約一時間半の間、演者たちは入れ代わり立ち代わり出てきたが、セリフは最後までまったくなかった。


芝居のあと、少し早めの夕食を摂《と》ろうと、ふたりで小劇場の近くにあったスープカレー屋に入った。

祐樹はチキンカレーを、春香は野菜カレーを頼み、改めて今日の芝居のチラシを眺める。

「あの……どうでした？」

「おもしろかったよ。全部意味がわかったかっていうと、そんなことはないけど」

春香も同じ感想だった。

「初めに出てきた女性と、その女性に赤い絵の具？　を掛けた男性が、友達なんです。職場が一緒で」

「あれはびっくりした」

そのあと琴子が武史に緑の塗料を掛け返したのもびっくりしたし、抱き合って色を混ぜだしたのもびっくりした。

「ひととの出会いは、一瞬にしてそのひとを変えることがある、っていうことなのかな」

「お互い相手にいままでなかった色を与えて、でもふたりが混ざり合うと、あんまり綺麗な色じゃなくなるっていうのが、意味深でしたね……」

「そこだけじゃなく、解釈を観客に委ねてくる場面が多かったから、これはこういう意味かな？とか考えているうちに、あっという間に一時間半経ってたよ」

春香はうんうんと頷いた。

琴子と武史の舞台は、いつもそんな感じなのだ。おもしろいかどうかはなんとも言いづらいが、とにかく退屈しない。

だから、義理だけでなくチケットを買おうという気になる。

「――お待たせしました」

十分ほど感想を話し込んでいたところで、カレーが出てきた。

具材の違いもあるが、明らかに見た目が違う。春香の方は真っ赤だ。

「……見た目からしてヤバいな」

祐樹はわかりやすく引いている。

「なんでですか。美味しそうじゃないですか」

下北沢に出てきたとき、春香はいつもスープカレーを食べる。

だいたいの店では辛さを選べるようになっているから、上から二、三番目のものにすることが多い。一番上は、美味しく食べたいのではなく、辛さの限界に挑戦したいマニア向けだと思っている。

一方祐樹は、スープカレーを食べるのが初めてではないようだが、『お子様でも安心の辛さ』を選んだ。あまり辛いのは得意ではないようだ。

いただきますをして、ふたりで食べはじめる。

スパイスがきいていて、とても美味しい。揚げたナスが辛いスープによく合っている。

もりもり食べる春香とは対照的に、祐樹はゆっくりとスプーンを口に運んでいる。チロッと舌を出した様子を見ると、けっこうギリギリの辛さのようだ。

「笑うなよ」

「ちょっとしか笑ってないです」

「ちょっと笑ってるんじゃないか」

こらえきれなくなり、春香は小さく声を出して笑った。

「先輩の弱みを握れたみたいで嬉しいです」

「悔しいから、来週は綾瀬川の弱みを探すよ。そして写真に残す」

「え、ひど」

来週の日曜は、今日行けなかった撮影に行く予定なのだ。

先週の写真美術館。今週の演劇。来週の撮影会。

つい最近まで、いつもひとりだった日曜日が、祐樹との約束で埋まっていく。それは嬉しくて、不思議だった。

祐樹は父親の会社で働いていると言っていた。仕事の話はほとんど聞いていないが、シフト制で働いている自分なんかとは違い、週末だからといっていつも休めるとは限らないのではないだろうか。それこそ、取引先の重役とゴルフに行ったりだとか、あるだろうに。

不思議に思ったのは、顔に出たようだ。

「どうかした？」

「いえ……」

どうして、毎週会ってくれるんですか。

そう聞きたかったが、聞けなかった。

コールセンターへの電話で再会したというすごい確率の偶然をおもしろがって、気まぐれで会ってくれているのかもしれない。

「今日は、ありがとう」

「——え？」

「綾瀬川から誘ってくれて、嬉しかった」

祐樹がはにかんだように笑う。

そんな顔で笑ってくれるなら、気まぐれでもなんでもよかった。

第三章

1

週が明けて火曜の昼。春香は琴子と武史と一緒に、会社の隣のビルにある定食屋でランチを摂った。

春香は基本、節約生活を送っているし、琴子と武史もお金に余裕があるわけではないから、昼は簡単にお弁当だったり、コンビニで買ったパンやおにぎりで済ませることが多い。

三人でちゃんとした外食をするのは久しぶりだった。

「――で、例の彼とは、どうなったの？」

琴子が身を乗り出してくる。

「どうって」

汁物を倒してしまいそうで怖い。横にずらしてやりながら答える。

「琴子たちの舞台を一緒に見に行ったよ」

「それは知ってるけど」

「舞台の上からでもよく見えてたよ。ずっとまっすぐこっちを見てくれてた。社長の息子？らしいけど、気取らない、いいひとだな」

武史が上機嫌で言った。

先週は、学生時代の知り合いがいきなり会いにくるなんて、ネズミ講に決まってるとか、さんざんな疑いようだったのに、手のひらの返し方がすごい。

それだけ武史は芝居に真剣だし、認められたいと思っているのだ。

「また会うんでしょう？」

「うん。次の週末は、今週雨で行けなかったから、写真撮りに行こうって話はしてる」

「やーん、順調」

「順調って……べつにお付き合いしてるわけじゃないよ、先輩とは」

「もう付き合ってるようなものじゃない」

琴子はそう言うが、春香は全然そうは思えない。

五年ぶりに再会した自分と遊ぶのが新鮮なのだろうとしか思えない。

「いいなあ、御曹司かあ……お金持ってるんだろうなあ」

羨ましさを隠そうともせず、琴子は箸先で鯖《さば》をつつきながら呟《つぶや》いた。

「わかんないよ、そんな話したことないもん」

「いや、あの顔は絶対お金ある」

琴子が拳に力を入れて断言した。

「顔って」

「悪かったな、金持ってなさそうな顔で」

と、武史が唇を尖《とが》らせる。

「実際持ってないじゃない」

「おい、フォローなしかよ」

「フフッ」

ふたりの夫婦漫才のようなやり取りに、つい笑ってしまう。なんだかんだ言ってふたりは、とても仲がいいのだ。

「笑いごとじゃないよー、春香。結婚は生活なんだから。そんで生活には、お金が一番大事」

「金、金って……夢のない生活の、なにが楽しいんだよ」

「夢じゃお腹《なか》は膨らまないでしょ」

「……おまえがそんなつまらないこと言うようになるとは思わなかったよ」

武史はむくれた顔でスマートフォンをいじりだした。

「私ももういい年だからさ。同居してる両親の視線が痛いの。『いつまで芝居ごっこしてるんだ』って、この前ついに言われちゃった」

「芝居ごっこだと⁉」

武史が横を向いて声を荒げたが、琴子は怯まない。

「実際、一銭も儲《もう》からないどころか、毎回赤字じゃない。私もう、二十九なんだよ？」

「それは……うぅ……トイレ」

武史は急に立ち上がって、そそくさと手洗いの方へと消えた。

「また逃げた」

琴子はため息をついた。

「私は武史くんが劇団続けたいのわかるよ。今回のも、素敵だったもん」

春香は言った。

しかし、琴子はどこまでも現実的だ。

「ありがと。今回も赤字だけどね。あんな抽象的なのじゃなくて、もっと一般ウケするもの作れないと、売れないよ」

「……琴子は、お芝居辞めたいの？」

「そういうわけじゃないよ。でも、演劇第一の生活を続けていくのは、そろそろ限界だって思ってる」

「そっか……」

「私なんかに言われたくないだろうけど、春香も自分の人生、真面目に考えた方がいいよ。一生ひとりでいるって決めてるんでもないなら、あの彼のことガッチリ掴《つか》んで離さないようにしなよ」

祐樹と自分では、とてもつりあわない。

それがわかっているだけに、春香は苦笑するしかなかった。


その晩、春香は一か月ぶりに実家に電話をした。

仕送りを振り込んだ日の夜には、母親と話すのが恒例になっている。

「腰の調子はどう?」

「だましだまし、なんとかやってるよ。まったく、いつまで働かなきゃいけないんだか……」

春香への礼もそこそこに、母の愚痴大会が始まった。

いつものことだ。

腰が悪く、介護の仕事がキツイのはわかっているのでどうとも思わないが、聞いていて楽しいものではないので、どうしても聞き流してしまう。

母は今年で五十六歳になる。遅くに生まれた弟の亮太《りょうた》はまだ中学二年生だ。高校を出るまでと考えても、あと五年は食べさせていかなくてはならない。

サラリーマンで毎日帰りが遅かった父と母は、弟が生まれてすぐ離婚した。離婚まで専業主婦だった母が就ける仕事は、そう多くはなかった。

父の居場所はもうわからず、養育費ももらっていない。

これで弟が大学に行きたがったら、さらに四年仕送りすることになる。入学金などは、別途必要だろう。

生意気盛りの弟が可愛くないわけではないし、春香だってなんとか大学に行ったのだから行かせてやりたい気持ちはあるが、いったいいくら払うことになるのかと考えるだけで気が遠くなる。

母の愚痴を聞き流しながら、祐樹のことを思い浮かべる。

祐樹はおそらく、春香よりずっと裕福な家で生まれ育っている。

引け目を感じないと言えば、嘘になる。

「――ちょっと、聞いてるの？」

「あ、うん。なんだっけ？」

「亮太が、新しい靴欲しいってうるさいのよ。部活のやつ」

バスケットシューズだ。

勉強はパッとしない弟だが、部活は真面目に頑張っているらしく、靴の傷みは早い。

「……わかった」

母が毎晩飲んでいる缶チューハイを減らせばそれくらい買えるのではないかという言葉を、春香は飲み込んだ。

ぐちぐち言い訳されるのが面倒だったからだ。

「五千円、明日振り込んでおく」

「ありがとう、悪いわね」

週末のために、また新しい服を買おうかとちょっとだけ思っていたのだが、そんな気分は吹き飛んでしまった。

2

六月に入った日曜の空は、綺麗に晴れた。

着るものは、祐樹が「嫌じゃなかったら、白いワンピースを着てきてほしい」と言ってきたため、迷う必要がなくなった。

クローゼットを開け、奥の方にあった白いノースリーブのロング丈のワンピースを引っ張り出す。

五年前、祐樹とふたりで撮影に行ったとき、着ていった服だ。

着るのは久しぶりだった。単に存在を忘れていたのか、無意識で祐樹のことを思い出すのを避けていたのかはわからない。

入らなかったらどうしようと少々心配したが、着てみるとサイズはぴったりだった。五年前と、体形は変わっていないらしい。

午前十時。約束の時間ちょうどに、家を出る。

祐樹の車が停まっているのが見えた。急いで階段を下り、助手席に乗り込む。

「お待たせしました」

「いや、いま来たところ」

ワンピースを見て、祐樹は目を細めた。

「よく似合ってる」

春香は小さな声で「ありがとうございます」と礼を言った。

なんだか恥ずかしくて、そして嬉しかった。

滑るように、車が走りだす。

「今日はどこに行くんですか？」

当日のお楽しみということで、撮影場所を教えてもらっていなかった。

「都内だよ。東の方」

ぼんやりした答えだが、それ以上は聞かなかった。そこまで遠くではないことがわかれば十分だ。

祐樹は上機嫌でハンドルを握っている。その隣にいられるのが、まだどこか信じられない。

「なに？」

つい横顔を見つめてしまった。

「……チケット。テンダーボーイの。頑張って取りましょうね」

「そうだ！　明後日から先行予約開始だもんな！　申し込み忘れないようにしないと」

プレイガイドの先行予約は、抽選だ。テンダーボーイ復活公演の会場は、ライブハウスとしてはかなり広いけれど、待ちわびていたと思われるファン全員を収容するには、明らかに狭い。先行予約のあとには一般販売もあるだろうが、そちらは秒単位の勝負になるだろうから、抽選を外すとかなり痛い。

「いまから予習しておこうか」

車のなかに、テンダーボーイのメジャーデビュー曲が流れはじめた。懐かしいメロディーだった。

ふたりして鼻歌交じりにテンダーボーイの曲を聴いて、三十分ほど過ぎたところで、祐樹は車を住宅街にあるコインパーキングに入れた。

「ここって、荒川の近くですか？」

「そう。河川敷に行こう」

祐樹は後部座席に置いてあったカメラバッグをふたつ持った。

「私ひとつ持ちますよ」

「いいよ、すぐそこだ」

少し歩くと、堤防の前に出た。見上げると、ランニングしているひとやサイクリングしているひとがチラホラいた。

春香は祐樹のあとについて、堤防の階段を上った。

上がりきると、一気に視界が広がった。

ゆったりと流れている荒川。そして荒川と堤防の間に広くとられている河川敷には、オレンジ色の花が咲き乱れている大きな花畑があった。

「あれは……」

「キバナコスモス」

五年前、夏咲きのキバナコスモスの花畑で、祐樹は春香の写真を撮った。そのときの、切ないようなくすぐったいような気持ちを思い出して、春香は一瞬動けなくなった。

「綾瀬川？」

なんでもない、というように、首を横に振る。

「行こう」

祐樹が右手を差し伸べてきた。

その手を取り、一緒に堤防を荒川側へ下りる。

間近に見る鮮やかなオレンジ色の満開の花々は、本当に美しかった。

「まずは、それぞれ自由に撮ってみようか」

祐樹がカメラバッグのなかからデジタル一眼レフカメラを二台取り出し、ひとつを渡してくれる。

「レンズもいろいろ持ってきた。好きに使っていいよ」

「ありがとうございます」

カメラを手に、辺りを見回す。

荒川を背景にしてもいいし、雑草の刈られた堤防を背景にしてもいい。アングルを下げれば、橋やそこを走っていく電車を画面に入れることもできる。

祐樹はさっそくパシャパシャとシャッターを切りだしている。春香も少し考えてから、花畑の手前にしゃがみ、奥にボケさせた川を入れて何枚か撮った。

久しぶりの写真撮影に、春香はだんだんと夢中になっていった。

せっかくだから、替えのレンズも使ってみたい。地面に置かれたカメラバッグから、九十ミリのマクロレンズを選び、カメラに取り付ける。

狙いは、花に寄ってきている蝶《ちょう》だ。しゃがんだ体勢で、シャッターチャンスを待つ。少しして、フラフラと踊るように飛んできたモンキチョウが、一メートルほど先に咲いている花に留まった。

呼吸を整えて、驚かせないよう、そっとシャッターを切る。

何枚かそのまま撮っていると、斜め後ろにひとの気配を感じた。振り返ると、視線の先で祐樹がこちらを向いてカメラを構えていた。

「先輩」

「バレた」

祐樹がいたずらっぽく笑う。つられて、小さく笑う。

そのまま、しゃがんでいる春香を見下ろす形で何度かシャッターボタンが押される。ポートレート撮影といえば大口径レンズや望遠レンズを使うのが定番だが、祐樹はワイドに写せる広角レンズで撮影していた。

「電車を撮ってたんですか？」

「それもあるけど。人物を広角レンズで撮るのも、けっこうおもしろいんだよ。写真に動きが出て」

撮られながら、春香は五年前のことを思い出していた。

ふたりで他県の大きな公園に行き、そこに咲いていたキバナコスモスを背景にして、青空の下たくさん写真を撮った。

あのときも春香は白いワンピースを着ていた。

そこで祐樹が撮った写真の一枚は、月刊デジタルカメラの写真コンテストで入選を果たし、ふたりで大喜びした。

しかし春香は、ほんの少しだけ、がっかりもしていた。

その写真は、しゃがんでキバナコスモスを見つめている自分ではなく、見つめられている花の方に焦点が合っていたからだ。

祐樹が、よくモデルを頼んでいる二宮若菜の写真を撮るときは、そんなふうにすることは一度もなかった。

自分は彼女ほど美人ではないから仕方ない、と納得はした。

脚が疲れてきて、春香は立ち上がった。

橋の上を電車が通り過ぎていく。抜けるような青空が気持ちよく、目を細める。

カシャッと、また小さく、シャッター音が聞こえた。

「……そろそろ、なにか食べに行こうか」

祐樹にそう言われて時計を見ると、正午を回っていた。

「はい」

二台のカメラと替えのレンズをバッグにしまう。バッグはまた祐樹が持った。

堤防の方へ歩いていき、階段の手前で、また手を差し伸べられる。その手を取り、ふたりでゆっくりと階段を上っていく。

祐樹の広い背中を見つめながら、もう何度となく考えたことをまた考える。

どうして祐樹は、春香に貴重な休みを費やしてくれるのだろう。ただの気まぐれだとはわかっていても、どうしても期待してしまう。

堤防を上り切ったところで、祐樹が振り返ってきた。

眩《まぶ》しそうに景色を眺め、優しい笑みを向けてくる。

「今日はありがとう。久しぶりに綾瀬川を撮れて、嬉しかった」

チリンと小さくベルを鳴らして、自転車が通り過ぎていく。

「いえ……」

繋がれたままの手が熱を持ったように感じた。

堤防を駐車場側へ、ゆっくりゆっくり下りる。

いつまでも階段が続けばいいのに。下りきったら、手は離されてしまうだろう。

そう思ったのだけれど、堤防の下に着いても、祐樹の手は離れなかった。

手を繋いだまま、階段を下りたときと同じ速度で駐車場へ向かう。

春香はふわふわと、雲の上を歩いているような気分だった。

三分ほど歩いたところで駐車場に着き、名残惜しげに手が離れていく。

「先輩は……」

「うん？」

「どうして、こんなに私に会ってくれるんですか」

こぼれ落ちるように、言葉が出た。

「……会いたいからだよ」

少し考えるような顔をしてから、祐樹は言った。

「綾瀬川は、俺に会いたくない？」

「そんなことは」

ないに決まってる。

春香は目を泳がせた。祐樹と目が合わせられない。

自分の恋心は、たぶん駄々洩《だだも》れだ。

人の気持ちに敏感な祐樹が、気付いていないはずがない。

「……車に乗ろうか」

祐樹が運転席に、春香が助手席に座ると、ふたりの距離は縮まったが、向かい合う形ではなくなったので、少しだけ気が楽になる。

「コールセンターに電話して、綾瀬川が出たとき、神様っているんだって思った」

「先輩……」

信じられないくらい嬉しい。

と同時に、サッサと通話を切ってしまったことが申し訳なくなった。

通話内容はすべて会社に録音されているから、仕方のないことではあるのだが、それにしたってもう少しましな切り方があったように思う。

「アメリカから戻ってきたとき、綾瀬川に会えるのを楽しみにしていたんだ。なのに、誰に聞いても行方がわからなくて、愕然《がくぜん》とした」

「……すみません」

「会えなかった間……特に行方知れずだとわかってからの二年間、俺にとって綾瀬川はどういう存在なのか、ずっと考えてた」

ハンドルにもたれ、ひとことひとこと噛《か》み締《し》めるように祐樹は話す。

「可愛い子だなとは、写真サークルに入ってきたときから思ってた。周りによく気を配っていて、撮影会のときの片づけなんかも嫌な顔一つせず率先してやってて。パッと目立つような存在ではないんだけど、小さな花みたいな……そう思ったら綾瀬川のことが撮りたくてたまらなくなって、誘った」

祐樹が春香の方を向いた。春香は祐樹の顔をまともに見返せず、ワンピースをぎゅっと掴んで、自分の膝の辺りを見ていた。

緊張で心臓がおかしくなりそうだった。

「ファインダー越しに見る綾瀬川は、花を見る目がどこまでも優しかった。それでいて儚《はかな》げで、シャッターを切った瞬間いなくなるんじゃないかと思わせられた。この瞬間をきちんと記録に残さなきゃと、焦燥感を覚えたよ」

小さく震えている春香の手に、祐樹の手が重なった。

「綾瀬川」

「っ、はい」

「俺と付き合ってくれないか」

日本語で話しかけられているのに、まるで知らない言葉のように、意味が脳に染みてこない。

だから返事もできなかった。

「嫌？」

慌てて首を横に振る。

そうではない。そうではないのだ、ただ現実味が感じられないだけで。

これは自分に都合がよすぎる夢を見ているのではないのか。

「好きだよ。再会できたのは、運命だと思ってる」

重なっている手が、強く握られた。

熱い手は少し汗ばんでいて、祐樹も緊張しているのだとわかる。

春香は恐る恐る運転席の方を見た。

思っていたよりずっと近いところに祐樹の顔があって、ハッとする。

「好きだ」

もう一度そう言って、祐樹が顔を寄せてくる。

花に触れるときのように、そっと、唇が重なった。

「んっ……」

春香はギュッと目をつむった。

祐樹以外の誰かに恋をしたことなんてない。

だからこれが、初めてのキスで、どうしていいかわからず、ただ震えながら彼の唇を受け止めていた。

駐車場にひとが通りかかったらとか、そういうことを考える余裕はなかった。

呼吸をする余裕もない。

「鼻で息をして」

「ぷはっ、はい……っ」

そうか、そうすればいいのかと思いながら、鼻から息を吸う。

「可愛い……春香」

口の中に、ぬるりと何かが入り込んできた。それが祐樹の舌だと理解した瞬間、背筋がビリビリするような快感が湧いてきて、思わず彼に縋《すが》りついた。

「あ……んんっ……」

舌先と舌先を擦り合わせるようにされるのが、気持ちよくてたまらない。こんな感覚は知らない。座っていなければ、腰が抜けていただろう。

顔の角度を変えてもう一度唇を重ねられる。今度はさっきよりも深いところまで舌が入ってきた。上顎を舌で撫《な》でられたときは、変な声が出そうになった。

ただの粘膜の接触が、こんなに気持ちいいなんて、二十五年間生きてきて知らなかった。

されるがままでいた春香の頬《ほお》をひと撫でして、祐樹の顔が離れた。

「……お昼、食べに行こう」

フッと笑みを浮かべてから、祐樹は車を降りた。

駐車料金の精算機に向かって歩いて行く彼の背中を、春香は潤んだ瞳で見つめていた。

第四章

1

「――えっ、本当に当たったんですか⁉」

スマートフォンの向こうから聞こえてくる、愛《いと》しい恋人の声が弾んでいる。

高見祐樹は、春香の喜んでいる顔を思い浮かべて、自分も笑みを浮かべた。

「ほんと、ほんと」

ふたりで別々に申し込んでいたテンダーボーイ復活ライブのチケットの先行販売の抽選が、春香は外れたものの、祐樹は当選したのだ。

すごいすごいと春香が嬉しそうに何度も言う。

五年越しの約束をやっと果たせると思うと、祐樹も嬉しかった。

春香と恋人同士になって、半月が経つ。

仕事が立て込んでいたせいで、キバナコスモスの花畑で撮影会をした日からは二度夕食を共にしただけだが、ほんの少しの時間でもなるべく寝る前に電話している。

会えなかった期間の長さを思えば、声が聞けるだけで、幸せだった。


春香が大学に入学してきて、写真サークルの見学にきたときのことをよく覚えている。

ほとんど化粧をしていない顔は高校生みたいで、初々しくて、少し不安そうだった。まだ友達ができていないのか、ひとりでやってきた春香に自分のカメラを貸し、校舎のそとで軽く撮影しながら、どういう写真が撮りたくてきたのか尋ねた。

「花、とか」

春香のカメラの構え方はぎこちなく、慣れていないのが見ただけでわかった。それでもファインダーを覗《のぞ》く目は真剣で、冷やかしではなく本当に写真がやりたくてきたのだと思った。

春香は見学にきたその日に、入部届けを書いた。

カメラは持っていないということで、初心者でも使いやすく、あまり値段の張らない機種をいくつか教えた。

「ありがとうございます」

と春香は小さく笑った。

花が咲いたみたいだと、そのとき思った。

いま考えれば、大学生の頃、ふたりで撮影会をしたときから、春香のことが好きだったのだと思う。

そして正直なところ、春香の方からも好意を抱かれている、と薄々思っていた。でも三年もアメリカに行くことがすでに決まっているのに、好きだなんてとても言えなかった。

留学中の目が回るほどの忙しさのなかでも、春香のことを忘れたことはなかった。

ＳＮＳメッセージに対するあまりの素っ気なさに、もう恋人がいるのかもしれないと思いはしたが、帰国したら絶対に会いに行こうと決意していた。

それがまさか、帰ってきてみたら、行方知らずになっているなんて。

祐樹が知っていた電話番号やＳＮＳアカウントは、どれも繋がらなくなっていた。

写真サークルのＯＢたちにも聞いて回ったが、誰ひとり繋がる連絡先を知っているものはいなかった。

愕然としたが、どうしようもなかった。

他の部員たちはともかく、自分にだけは連絡をくれるのではないかと淡い期待を抱いていたが、なんの音沙汰もないまま二年が過ぎた。

コールセンターに掛けた電話に春香が出たのは、諦めきれず探偵でも雇ってみるかと考えはじめたときだった。

奇跡だと思った。

そして結ばれる運命なのだと確信した。

切れたと思った縁は、また繋がった。

祐樹からのアプローチに、おずおずとではあるが、春香は応えてくれた。

晴れて恋人となったいまも、春香はどこか遠慮がちというか、少しでも目を離したら消えてしまうのではないかと思わせられる危うさがある。

春香の話に相槌《あいづち》を打ちながら、祐樹は右の手のひらをじっと見つめた。

今度こそ、絶対に離さない。

2

祐樹と付き合いだして一か月ほど経った頃、春香は写真サークルの集まりに誘われた。

月刊デジタルカメラの写真コンテストの祝勝会だという。

入選したふたりのうち、シマエナガの写真を撮っていた野田秋穂《のだあきほ》の方は、春香と同学年で、大学生の頃は仲が良かった。

だから会って祝福したい気持ちはあるのだが、「行く」と即答することはできなかった。

理由はふたつある。

ひとつは春香の方から一方的に写真サークルの皆との連絡を絶ってしまったため、顔を合わせるのが気まずいこと。

もうひとつは、春香が祐樹の元カノなのではと思っている、元副部長の二宮若菜が来るかもしれないことだ。

しかし理由が理由だけに、祐樹に正直に言うのは憚《はばか》られた。かといって、仕事があるなどと嘘をつくのは嫌だ。

結局春香は、ＯＢ会に出席の返事をした。


七月第一週の金曜の夜。春香は定時で仕事を上がり、ノースリーブのカットソーの上にショールを羽織って会社の外に出た。

空はまだ明るく、じっとりと湿った夏の暑い空気が体にまとわりついてくる。空調のきいた社内との温度差で、風邪をひいてしまいそうだ。

ＯＢ会の会場である居酒屋は、三駅先と近いため、春香はいったん駅の手前にあるカフェに入った。そこで冷たい飲み物を飲みながら集合時刻ぎりぎりまで時間を潰すつもりだった。

不義理をしてしまっているので、あまり早く着いてしまって目立つのは気まずい。みんなが揃《そろ》った辺りで、そっと紛れ込みたい。

カウンターでアイスコーヒーを受け取り、窓際に座って若干浮かない顔でストローに口を付ける。

今日の参加者は二十人くらいと聞いた。細かいメンバーは聞いていない。幹事ではないので、祐樹もそこまでは把握していないようだ。

若菜は来るだろうか。

春香は若菜と特に親しかったわけではないから、さらっと挨拶だけして離れて座っても不自然ではないだろう。

祐樹はきっと先輩たちのグループで固まるだろうし、自分も同学年の知り合いのテーブルに入れてもらって——などと、ごちゃごちゃ考えているうちに、あっという間に時間は過ぎた。

カフェを出て、電車に乗る。三駅先で降りて、歩いて三分ほど行った商業ビルの地下が、目的の居酒屋だ。

看板を見て確かめ、階段を下りていく。下りきった先にあるドアを開くと、賑やかな話し声がワッと聞こえてきた。

「いらっしゃいませ」

「あーっ！　春香だーっ‼」

出てきた店員に言葉を返す前に、左手奥の半個室から顔を出した同期の秋穂が、大きな声を出した。大きなリング型のピアスが、耳で揺れている。

秋穂は相変わらず、声が大きい。声だけでなく、目も鼻も口も、顔全体のいろんなパーツが大きく、化粧いらずの派手顔だ。

「えっ、ほんとに？」

「まじで綾瀬川だっ」

そっと交ざろうと思っていたのに、みんながわらわらと顔を出して大騒ぎするものだから、春香は後ずさりしてしまった。

「そ、その……ご無沙汰してます……」

「ほんとだよっ！　さ、こっち座んな！」

席は掘りごたつになっていた。

呼び寄せてくれた秋穂の隣に座り、素早く周りを見る。

一番奥にいた祐樹が、ニコッと笑って軽く手を振ってきた。

二年ぶりに会うサークルメンバーたちは、みんな元気そうだ。

いまのところ、若菜は来ていないようだった。

飲み物の注文を聞きにきた店員に生ビールを頼み、改めて秋穂と向き合う。大学在学中はずっと肩の下辺りまであった髪が、後頭部を少し刈り上げるくらい短くなっていて、別人のようだ。

「写真展の入選、おめでとう」

「へへ、ありがとう」

「写真美術館行ってきたよ。すっごくよく撮れてた」

「見てくれたの？　あれはちょっと、自分でもできすぎだなって思うくらい、いいタイミングで撮れたよ」

「だいぶ粘ったんでしょう？」

「うん。真冬の北海道の森のなかで、五時間。いやー、凍死するかと思ったわ」

ＯＢ会の空気はなごやかだった。春香の不義理を責めるメンバーは誰もいない。

近くの席の会話から、若菜は仕事で出張中のため来られないと知り、密《ひそ》かにホッとする。

「――それで？　春香はどうしてたの？　いきなり音信不通になるんだもん、なにごとかと思ったよ」

「ご、ごめん……」

「怒ってないけど、心配はした」

そう言われると、申し訳ない。

勤めていた会社が倒産したタイミングでスマートフォンを水没させてしまってから、改めてみんなの連絡先を入れる気力が湧かなかっただけなのだ。

「転職したりとか、いろいろあって」

「文具メーカーだったたっけ？　辞めちゃったんだ」

「辞めちゃったというか、倒産しちゃった」

「あちゃー……それは大変だったね。いまは？　どうしてるの？」

「派遣で損保会社のコールセンターで働いてる」

先輩たちと談笑していた祐樹が、コールセンターという単語を聞きつけたのか、こちらに顔を向けた。

「綾瀬川が損保のコールセンターで働いてたから、俺たち再会できたんだよ」

え？　どういうこと？　と、この場にいる全員の視線が春香と祐樹の間を行き来する。

「俺がゴルフでホールインワン決めて、ゴルフ保険に入ってたから、コールセンターに電話したんだ。そしたら、綾瀬川が出た」

祐樹が胸を張って言った。

「そんなことってあるんだ！」

秋穂だけでなく、みんなが驚いた顔をした。

「ものすごい確率だよな。俺はもう、運命だと思ったね」

しみじみと付け足して、祐樹は生ビールのグラスを包むように持った。

「運命って、高見先輩、そういう言い方だと、春香と付き合ってるみたいじゃないですか」

秋穂は半分冗談のつもりで言ったようだったが、祐樹は真顔で答えた。

「付き合ってるよ」

「えっ」

秋穂が目を真ん丸にした。

「えっ」

全員の視線が春香に向けられた。

「えっ」

春香は一瞬、頭のなかが真っ白になった。

この場で祐樹がふたりの交際について言及する可能性に思い至っていなかった。

もちろん、隠す必要は特にないのだが、なんというか、公言する覚悟が全然できていなかった。

「春香……本当なの？」

「やっ……あー……う、うん……」

真っ赤になって小さく頷く。

「おめでとう！」

先輩のひとりが大きな声で言い、みんなが口々に祝福の言葉を掛けてくれる。

「おお、ありがとう」

と、祐樹は鷹揚《おうよう》にお礼を言っている。恥ずかしくてみんなの顔が見られないでいる春香とは全然違う。

「乾杯しよう、乾杯！」

ひとりが言い、みんながわいわいとグラスを合わせる。

そこから春香は、けっこう飲まされた。酒には弱くないが、ふわふわした気分になる。

ふと祐樹の方を見ると、目が合い、微笑まれた。嬉しい。

「あー、やらしいんだー」

秋穂にからかわれ、慌てて顔を戻す。

「ヘンなこと言わないでよ」

実際のところ、ふたりの関係は、清らかなものだった。

交際をはじめて約一か月、キスは何度かしたけれど、それ以上のことはしていない。いい大人同士の付き合いとしては、進展が遅い方だろう。

春香はそれを、自分のせいだと思っている。

キスだけで毎回、恥ずかしいくらいにいっぱいいっぱいになってしまって、腰が砕けそうになってしまうのだ。

それ以上のことをされたら、正直自分がどうなってしまうのかわからない。

そんな女、手を出す方だって怖いだろう。

そんなこんなで、自分が祐樹の恋人だということにいまいち自信を持てずにいたから、祐樹がみんなの前で交際を公言していいと判断してくれたことは嬉しかった。


三時間ほど賑やかに食べて飲んで、ＯＢ会はお開きとなった。

二次会に行こうという熱心な誘いを、明日も仕事だからと断った。

「送るよ」

と、祐樹が言ってくる。

「そんな、いいですよ」

「春香、わかってあげなよー、高見先輩、春香ともっと一緒にいたいんだって」

秋穂がからかうように言い、祐樹がうんうんと頷く。

「さすが野田、よくわかってる」

「せ、先輩……」

そういうことなら、とみんなは手を振って行ってしまった。

「それじゃ、帰ろうか」

祐樹がごく自然に手を繋いできた。

これくらいの接触はもう何度もしているけれど、春香はいまだに慣れない。胸がドキドキしてしまう。

「付き合ってるって話したの、嫌じゃなかった?」

春香は首を横に振った
「びっくりしましたし、恥ずかしかったですけど、嫌ではなかったです」

「そう、よかった。どうしてもみんなに、春香が自分のものだって言いたかったんだ」

「先輩……」

「これだけハッキリ言っておけば、誰も春香に言い寄ろうとしなくなるだろ」

祐樹はにっこり笑って言った。

「私に言い寄ってくるひとなんて……先輩だけです、そんなの」

「春香は自分の魅力に無頓着すぎる」

渋い顔をされてしまったが、春香はいまだに自分がどうして祐樹と恋人になれたのか、よくわからないでいる。

「いや、春香のせいにしちゃいけないな。俺がちゃんとどんなに春香のことが好きか、伝えきれていないせいだな」

立ち止まって、両手を握られる。

「好きだよ、五年前から」

「え……？」

「キバナコスモスの花畑で、真っ白いワンピースを着ている春香は、妖精みたいだった。夢中になってシャッターを切りながら、俺は恋に落ちたんだ」

歩道の真ん中で見つめ合っているふたりをよけながら、サラリーマンが遠慮のない視線でじろじろ見てくる。

春香は嬉しいのと恥ずかしいのとで、どうしたらいいのかわからなくなり、きゅっと唇を噛んだ。

そんな春香を見て、祐樹がフッと微笑む。

「行こうか」

まだ電車のある時間だから、タクシーには乗らず、居酒屋からすぐの駅に入る。

春香の家は、この駅から五つ行ったところで乗り換えて、二つ行った駅が最寄りだ。

電車に乗っている間も、祐樹は春香の手を離さなかった。まるで恋人みたいだと思ってから、そういえば恋人なのだと思い直す。

こうして、恋人らしい時間を重ねていけば、もっと自信が持てるようになるのだろうか。

本当は、胸を張って自分が祐樹の恋人なのだと言いたい。

自宅の最寄り駅に電車が着いた。一時的に手を離して、改札を通る。祐樹はここから徒歩で十分ほどの家まで送ってくれる気のようだ。

住宅街の暗い道を、ポツポツと話しながらふたりで歩く。街灯のところにくると、ふたりの影が繋がって見えた。

もうすぐ家に着いてしまう。

春香は隣にいる祐樹の顔を見上げた。

「どうした？」

「あの……」

まだ、一緒にいたかった。

「お茶でも、飲んでいきませんか」

車で家の前まで送ってもらったことは何度かあったが、いままで祐樹が春香の家に入ったことは一度もなかった。

「上がっていいの？」

こくりと頷き、今朝出てきたときの部屋の様子を思い浮かべる。それなりに片付いてはいるはずだ。

ほどなくして、春香と祐樹は四階建てのアパートの前にたどり着いた。

築年数はそれほど新しくないため、エレベーターはない。手を繋いだまま、ふたりで外階段を二階へ上がる。

一番手前の１Ｋが春香の部屋だ。鍵を開けて、なかに入る。

「ちょっと待っていてください」

エアコンをつけてソファに座るよう勧め、お湯を沸かす。素敵なカップがあればいいのだが、この部屋にひとが来たのは初めてで、食器は普段春香が使っているものしかない。

お茶請けに、ちょっといいクッキーがあるのを思い出し、小皿に出した。

マグカップをふたつ並べ、ティーバッグを入れてお湯を注ぐ。

祐樹はクッションを抱え、物珍しそうに部屋を見回している。

「春香らしい部屋だね」

「そうですか？」

「花柄が多い」

言われてみれば、クッションカバーやカーテン、壁に飾っている額縁のなかの写真など、春香の部屋には花が多い。

何かを買うとき無意識に選んでいただけで、あまり意識していなかった。

「生花も飾ります。たまにですけど」

「そっか。それじゃあ、今度花束を贈るよ」

「えっ、あっ、そんなつもりではなく」

まるでおねだりしてしまったみたいで、焦ってしまう。

「俺が贈りたいんだ。春香は何をしたら喜ぶんだろうっていつも考えているから、好きなものが知れて嬉しい」

祐樹はいつも、春香を喜ばせるようなことばかり言ってくれる。

「……ありがとうございます」

マグカップと小皿をトレイにのせて持っていき、祐樹が座っているソファを背もたれにして座った。

「どうぞ」

「ありがとう」

祐樹がマグカップに口をつけたのを見て、春香も熱い紅茶を一口飲んだ。そうしてから、ハッとした。

外はあんなに暑かったのに、冷たい飲み物でなくて熱いものを出すなんて、気が利かないにもほどがあるのではないか。

頭を抱えたが、あいにく家には麦茶もアイスコーヒーも何もなく、出しなおすこともできない。

「ど、どうした」

突然苦悩しはじめた春香を見て、祐樹は戸惑った様子だ。

「すみません……」

「え、なにが」

「先輩は私に嬉しいことばかりしてくれるのに、私なにも返せてないです」

「えっ」

と、祐樹は目を見開いた。

「……春香が家に誘ってくれて、俺がどんなに嬉しかったか、わからない？」

ソファに座っていた祐樹が、いったん立ち上がって、春香の隣に座り直した。

顔の距離が近くなる。春香は横を見ることができず、俯いた。

「……わかりません」

「サークル仲間のうち誰かひとりでも春香の家を知っていれば、春香が連絡先を変えたって音

「信不通にはなっていなかっただろ。　でも誰も知らなかった」

「そう、ですね」

比較的仲のよかった同学年のメンバーでも、大学や外で会うことはあっても、家に招いたことは一度もなかった。

誰も家に遊びにきたいと強く言ってこなかったというのもあるが、たしかに自分は自分のテリトリーにあまり他人を入れたがらないタイプの人間だと思う。

いま仲がいい琴子と武史だって、一度もこの家に来たことはない。

「俺を家に上げてくれたっていうことは、そうしてもいいと思うくらい気を許してくれたってことだろう。すごく嬉しいよ」

「私は、ただ……」

「ただ？」

「先輩と……もう少し、一緒にいたくて」

春香は蚊の鳴くような声で言った。

自分の顔が赤くなっているのがわかる。

「嬉しい」

「あっ」

耳にキスされ、小さく声を上げてしまう。

「俺も、春香ともっと一緒にいたいと思ってた」

「先輩……」

ゆっくりと顔を上げると、祐樹が熱いものを秘めたような目でこちらを見ていた。春香は魅入られたように、彼の瞳から目を離せなくなった。

まぶたを開いたまま、祐樹の顔が近づいてくる。そのまま、唇と唇が重なった。近過ぎて、もう瞳はよく見えない。

ちゅっ、ちゅっ、と音を立ててついばむように下唇を食《は》まれる。

「んんっ……」

キスはもう、何度もした。祐樹のキスはいつだって、優しく温かい。でも今日はそれだけでなく、とても情熱的な感じがした。

唇を舌先でノックされ、薄く開くと、深いところまで舌が入り込んできた。

祐樹の舌は、少しお酒の味がした。自分もきっと、同じ味がするのだろう。

今日はけっこう飲まされた。とはいえ春香は酒に弱くはないので、さほど酔ってはいないのだが、少しだけ開放的な気分にはなる。

自分からも舌を絡め、祐樹と唾液を混ぜ合わせるようにすると、背筋がビリビリするほど気持ちがよかった。

祐樹の両手が、春香の頬を包んでくる。その手が温かく、気持ちがよくて、頬を擦り付けるようにしてしまう。

「春香……」

「先輩……」

春香は祐樹の首に腕を回した。祐樹の腕も、腰に回ってくる。体が密着して、一体感が高まり、お互いの存在をより強く感じる。

このままずっと、離れないでいられたらいいのに。

くちゅくちゅと、唾液の弾ける音が脳に直接届き、頭のなかがふわふわしてきた。

うっとりとキスに夢中になっている春香の唇から、祐樹の唇がそっと離れていった。

「あ……」

思わず不満を滲ませた声が出た。

「……いい?」

祐樹がいままで見たこともないような真剣な顔をして言った。

「え?」

なにが?　と少し考えてから、キス以上のことを求められていることに思い至る。

キスでぼーっとしていた頭が、サッと冷えた。

交際している男性を家に入れるというのがどういうことか、まったく考えなかったわけではない。

でも覚悟のうえで祐樹を招き入れたのかというと、そんなことはなかった。

春香は祐樹以外の男性と付き合ったことがない。もういい大人だが、処女は処女なので、どうしたって初めての行為は怖い。

不安に揺らぐ春香の視線を受け止め、祐樹が手を握ってくる。

「優しくする」

言わずとも、初めてだということは察してくれたらしい。

一度ぎゅっと抱き締められ、手を引かれて立ち上がった。

ひとり暮らしの狭い部屋では、三歩も歩けばベッドに着いてしまう。

小花柄の掛布団がめくられ、白いシーツの上にそっと押し倒される。額にかかった前髪を指先で分けられ、そこに唇を落とされた。

「優しくする」

もう一度言われ、唇にキスされる。それから、頬へ、耳の下へ。

息をすると、祐樹の髪の匂いがして、うっとりした。

「んあっ……」

耳の下をぺろっと舐《な》められ、ピクッと体を震わせてしまった。

一日そとに出ていた体だ。しかも、季節は夏。大半は冷房の効いた室内にいたとはいえ、それなりに汗をかいているはずだ。

「あの、せ、先輩っ」

「なに？」

同じところをさらにペロペロと舐められ、大げさに体をヒクつかせてしまう。

「ちょっと待って……シャワーをっ……」

「どうして？　美味しいよ」

とてつもなく恥ずかしいことを言われてしまい、言葉を失う。

「春香の匂いがする」

祐樹が春香の髪に顔を埋め、うっとりした声で言った。

春香もついさっき同じことを思ってうっとりしてしまったので、もうなにも言えなくなる。

祐樹の顔が、首筋に下りてきた。それと同時に右手が服のなかに入ってきて、お腹の辺りに直接触れてきた。

「あっ」

「すべすべで気持ちいい」

脇腹を何度も上下に撫でられ、くすぐったいけれど気持ちがいい。

「可愛い、春香」

まるで壊れやすい貴重品を扱っているみたいに、祐樹の触り方は優しい。

柔らかな唇と大きな手に翻弄され、熱い吐息を漏らすことしかできなくなる。

力の抜けた春香の白いカットソーを、祐樹が下からめくり上げてくる。

春香はされるがままでいたが、もうすぐブラジャーに包まれた胸が見えてしまうというところで、ハッと我に返った。

「やっ……！」

両手で胸を守るように隠してしまう。

「恥ずかしい？」

こくこくと頷いて、部屋の照明に目をやった。ふたりでベッドに上がった以上、止めてくれとは言わないが、せめて明かりを暗くしてほしい。

春香は太ってても痩せてもいない、普通の体型だ。胸は、少しだけ小さい。

特別引け目を感じることはないのかもしれないが、煌々《こうこう》と明かりのついた部屋で自信満々に晒《さら》せるほどのスタイルではない。

「わかった」

祐樹はベッド脇の棚の上からリモコンを取り、寝るときの明るさまで照明を落としてくれた。

「これでいい？」

「は、はい……」

本当は真っ暗がよかったけれど、それだと手探りでことを進めなくてはいけなくなってしまう。

祐樹の手が、春香の体の上に戻ってくる。今度は容赦なくブラの上まで服をめくり上げられ、春香はギュッと目を閉じた。

「……っ！」

春香は体を強張《こわば》らせて小さく震えた。

祐樹の視線が乳房に突き刺さっているのが、見ていなくてもわかる。

「これ、外すよ」

そう告げられた直後、祐樹の手が背中に回ってきた。ブラジャーのホックが外され、押さえつけられていた乳房が解放される。

直接胸を見られていると思うと、恥ずかしくて恥ずかしくて頭がおかしくなってしまいそうだ。祐樹がどんな目をしているのか、怖くてとても見られない。

はぁ、と祐樹が大きく息を吐いたのが聞こえてきた。

「……綺麗だ」

春香は恐る恐るまぶたを開いた。

祐樹が熱っぽい目で、自分を見下ろしている。がっかりした様子がないことに、心から安堵《あんど》した。

「本当に綺麗だ」

左の乳房を、手で持ち上げるように触れられた。

そして祐樹の顔が下りてきたかと思うと、右の乳房の先端に吸い付かれ、春香は背中を跳ね上げた。

「ああっ！」

ビリッと痺《しび》れるような快感が、乳房の先端から背筋へと走る。

こんな感覚は知らない。春香は初めての感覚に怯《おび》えた。体を洗うときなど、自分でそこに触れたことは何度もあるが、こんなふうにはならなかった。

春香の戸惑いをよそに、祐樹はますます熱心に乳房に触れてきた。

ふにふにと胸を揉《も》まれ、恥ずかしいのに気持ちがよかった。

祐樹の手の動きに合わせて、乳房の形が変わる。先端が硬くなっていくのが、自分でもわかった。

「んんっ……せ、先輩っ……」

「祐樹って呼んでくれ」

そう言って祐樹が胸の谷間を舐め上げてきた。

下の名前でなんて、一度も呼んだことがない。いままでずっと、先輩か高見先輩だった。

「……祐樹……先輩……」

「先輩はいらないかなあ」

両方の乳房を寄せ集めるように愛撫《あいぶ》される。

「……祐樹、さん」

「よくできました」

ご褒美、というように、胸の先にキスをされた。

ビクッと震える春香の胸をひと揉みし、祐樹の右手が体をなぞって、脚の方へ下りてくる。

子供の頭でも撫でるみたいに、膝を撫でられた。その手が、太股《ふともも》へとゆっくり上がってきて、スカートのなかに入ってくる。

「あっ……!」

春香は慌てて強く膝と膝を擦り合わせた。

「脚、開いて」

耳元で祐樹が言う。

「で、でも……」

「俺に、春香の大事なところ、触らせて」

さわさわと太股を撫でられる。ぴったりとくっつけた左右の内腿《うちもも》の間を、中指が何度もなぞってくる。

この奥に入りたいのだと言われているみたいで、たまらない気持ちになる。

「う……くぅ……」

小さく呻《うめ》いて、春香はなんとか膝の力を抜いた。

祐樹を拒みたいわけではないのだ。

彼の手が、下着越しに、誰も触れたことのない、春香の一番大事なところに触ってきた。

「あっ」

反射的にまた強く膝を合わせてしまったが、祐樹の手を挟んであそこに押し付けるような形になり、かえって恥ずかしくなった。

恐る恐る脚を緩める。

祐樹がクロッチの上から、指をぐっと食い込ませてくる。下着が濡《ぬ》れてしまっているのが、自分でもわかった。

割れ目に食い込んだ指が、ゆっくりと上下に動く。

「んくっ……！」

「気持ちいい？」

答えられず、春香は横を向いて枕に顔を埋めた。そうしないと、恥ずかしい声が出てしまいそうだった。

指先が、何度も何度も、割れ目をなぞる。一番敏感な突起のところで軽く引《ひ》っ掻《か》くようにされると、腰が震えた。

羞恥でおかしくなりそうだった頭のなかは、だんだんとぼんやりしてきた。

「っ……んんっ、ん……」

じっとしていられず、爪先で何度もシーツを蹴る。体が燃えるように熱かった。

「……直接触るよ」

上手く力の入らなくなった脚から、蜜液で濡れたショーツが剥《は》ぎ取《と》られた。

大きく脚を割られ、間に祐樹が入ってくる。

「あ……」

「感じてくれて、嬉しい」

大きな熱い手が、しっとりと濡れた花弁に触れてきた。

「ああっ！」

布越しに触れられるのとは桁違いに強い快感に、春香はたまらず背中を反らし、大きな声を上げた。

祐樹の指先が、蜜を湛えた入り口の辺りを小さな円を描くように掻《か》き混《ま》ぜる。くちゅくちゅといやらしい音が立ち、愛液が伝い落ちてシーツを濡らした。

「あっ……んああっ、だめぇっ……！」

脚を閉じたいのに、祐樹の体が間にあるせいで閉じられない。

甘く蕩《とろ》けるような快感が、触れられたところから体全体に広がっていく。喘《あえ》ぎながら体を震わせる春香を、祐樹は熱っぽい目で見下ろしている。

少しして、入り口にぴたりと当てられた指先が、じわじわとなかに侵入してきた。

「あっ……」

「大丈夫、痛くない」

祐樹の言う通り、痛くはなかった。

ただ異物感は相当なもので、なにより自分でも触れたことのないところに触れられているという事実が春香を戸惑わせた。

一度深いところまで入れられた指が、ずるーっと抜かれていく。そして完全に抜け切る前に、また深くまで挿入された。

「せ、先輩っ」

「祐樹」

「祐樹さんっ……こ、怖いっ」

「怖くないよ。気持ちよくなるだけだ」

そう言って祐樹は、指を埋めた状態で敏感な肉芽を転がしてきた。

「あっ、ああっ！」

「すごい、春香のなか、俺の指を食べようとしてるみたいに動いてる」

肉芽をいじられながら、ものすごく恥ずかしいことを言われたが、もう恥ずかしがる余裕もない。

切ないような甘く重い疼《うず》きが、下腹部からせり上がってきた。ガクガクと勝手に腰が揺れて、止まらなくなる。

どんなに体をよじっても、祐樹の手はべったりと張り付いたように離れない。ジンジンと痺れる肉芽を何度も転がされ、春香は限界を迎えた。

「あっ――んああっ……！」

汗まみれになった全身を硬直させて、絶頂に達した。泣きたくなるほどの快楽が全身を包み込み、目の前に火花が散ったような衝撃を覚えた。

「はぁっ……あ……ふあぁ……」

ゆっくりゆっくり絶頂から下りてくる間、祐樹はずっと頬を撫でてくれていた。

「可愛かったよ、春香」

なんとか呼吸が整ってきたところで、優しく口づけられた。まだ腰がふわふわしているような、変な感じがする。

「——していい？」

祐樹が顔を離し、真剣な表情で尋ねてきた。

「祐樹さん……」

経験はないが、何を求められているかはわかった。

太股に、硬いものが当たっている。いまからそれを入れられるのだと思うと、痛いくらいに胸がドキドキしてきた。

「……はい」

初めてを初恋のひとである祐樹に捧《ささ》げられるなんて、夢みたいだ。

まったく怖くないと言えば嘘になる。しかし、ついこの前まではもう二度と会えないと思っていた祐樹と結ばれる喜びの方が、遥《はる》かに大きかった。

「ゆっくりするから」

春香の頬にひとつ口づけを落として、祐樹はいったん体を離した。

春香の体に中途半端に残っていた服とブラジャーが取り去られる。生まれたままの姿になった春香を見下ろして、祐樹は一度、大きく息を吐いた。

「は、恥ずかしい……」

「綺麗だ……本当に、すごく綺麗だ」

バサッと、少し乱暴に、祐樹が着ていたシャツを脱いだ。

腹筋がうっすら割れた祐樹の体に見とれた春香だったが、彼がズボンのベルトに手を掛けると慌てて視線を逸らした。

春香と同じく裸になった祐樹が、両手を膝の裏に置いて、大きく脚を割ってくる。

「あっ……」

自分の格好があまりにも恥ずかしくて、春香は顔を歪《ゆが》ませた。

「春香……」

掠《かす》れた声で名前を呼んで、祐樹は手早く自身のものにコンドームを装着した。

濡れそぼった中心に、硬いものが押し付けられる。いよいよかと思うと、どうしても体が強張った。

祐樹のものが、割れ目のなかを上下に動く。先端に蜜液をまぶそうとしているみたいだ。それからまた入り口のところで止まり、今度はじわりと侵入してきた。

「あっ……！」

閉じ合わさっていたところを開かれる感覚に、春香は顎を跳ね上げた。

痛みはまだ、感じない。

祐樹が少しずつ体重をかけてくる。自分のなかが、それに合わせて彼の太さに広がっていく。

「祐樹、さんっ……」

繋がろうとしている部分が、燃えるように熱い。

すべての神経があそこに集中しているみたいだ。結合が深まっていくにつれ、重苦しいような感覚が下腹部に広がってきたが、つらくはなかった。

自分のなかが、彼を奥へ引き込もうとしているみたいに動いているのがわかる。

「……つらくない？」

尋ねてきた祐樹の方が、よっぽどつらそうな顔をしていた。一気に入れてしまいたいのかもしれない。

「大丈夫、です」

猛烈な異物感こそあれど、耐えられないほどではなかった。

「いま、どのくらい入っているんですか……？」

「半分くらいかな」

まだ半分。

ずいぶん入ってきたと思ったのに。少し気が遠くなった。

「続けるよ」

短く言って、祐樹がさらに腰を押し出してくる。

春香はズズッ、ズズッと、たくましいもので貫かれる感触に身悶《みもだ》えた。

「んあっ、ああっ、あんっ」

自分のなかが、彼でいっぱいになっていく。ジンジンと痺れるような感覚は、だんだんと強くなってきた。

やがて、お腹の奥をググッと押される感触がして、祐樹が動きを止めた。

「――入ったよ」

「……え……？　全部？」

「ああ」

祐樹が愛おしげに頬を撫でてくる。

ふたりとも、汗だくだった。

「嬉しい……」

「俺も」

祐樹が上体を倒して、くったりと力の抜けた春香の体を抱き締めてきた。

自分のなかで彼のものの角度が変わり、春香はビクッと震えた。素肌と素肌で抱き合うのは、密着感がすごく、気持ちよかった。

「つらくない？」

「はい」

本当に、重苦しい感覚や痺れはあるが、思っていたほどつらくはなかった。もっと引き裂かれるような痛みに襲われるものなのだと思っていた。

「……動くよ」

ゆっくりと、奥の壁を押すように、祐樹が腰を押し付けてくる。

内臓が、ぐっと押し上げられる。もちろん初めての感覚だが、何度も続けられると、少しずつ慣れてきた。

「春香のなか、すごくいい……」

耳元で、祐樹が気持ちよさそうに息を吐いた。

春香の方はまだ、快感と呼べるようなものは得られていなかったが、祐樹が自分の体で感じているると思うと、素直に嬉しかった。

春香が苦痛を感じている様子がないからか、祐樹の腰の動きは少しずつ大きくなっていく。

ぐちゅっ、ぐちゅっ、と粘り気のある音が、ふたりの繋がっているところから聞こえてくる。

「あっ……んあっ、んんっ……」

自分のなかを、硬くて太いものが出入りしているのは、不思議な気持ちがした。

最奥まで突かれるたびに、祐樹の愛情が体全体に広がっていくようだ。

たまらなくなって身をよじると、あそこが勝手にきゅうっと収縮した。そうするとなかのものの存在をより強く感じさせられることになり、春香は高い声で喘いだ。

「うっ、ああっ……ああんっ」

「春香、声可愛い」

ぽたぽたと水が落ちてくると思ったら、祐樹の額から落ちた汗だった。強く彼から求められているという実感が湧いてきて、腰の奥に切ない疼きが生まれた。それは、突かれるたびに大きく、重くなっていった。

「祐樹さんっ……あ、ああっ……」

祐樹の背中に腕を回した春香は、徐々に行為に夢中になっていった。恥ずかしさや違和感が減っていき、時折フッと腰が浮くように感じた。

これがセックスの快楽なのかもしれないと、おぼろげながら片鱗《へんりん》を感じはじめたところで、ふいに祐樹の動きが止まった。

「う……」

「祐樹さん……？」

もう少ししてほしくて、つい腰を揺らしてしまう。

「もう、イッていい？」

怒っているような声なのは、たぶん余裕がないのだろう。

「は、はいっ」

「ありがとう」

切羽詰まった様子で礼を言うなり、祐樹は春香の太股を抱え直した。それからぐいぐいと、硬いものを深いところまで送り込んできた。

いままでの手加減したような腰の使い方ではない、本気のピストンに、春香は上手く息ができなくなる。

「あっ、ああっ……！」

「くっ、春香っ……！」

一番奥までねじり込むように祐樹のものが入ってきて、体に衝撃が走った。自分のなかで、熱い肉棒が脈打っているのがわかった。

やがてすべてを吐き出した祐樹が、まだ硬いものを埋め込んだまま、春香を優しく抱き締めてきた。

「ありがとう、春香……愛してる……」

「祐樹さん……」

汗にまみれた彼の肩に顔を埋め、春香は幸せを噛み締めた。

第五章

1

『暑い！』

電話の向こうで祐樹が文句を言っている。

七月半ば、時刻は午後十一時を回っていた。

平日の祐樹はいつも忙しそうで、帰宅はいつもこれくらいの時間になることが多かった。休日出勤にならないよう、無理をしてくれているのかもしれない。

祐樹は会社から出たところのようで、そんな時間でも気温が三十度近くあるのが気に入らないらしい。

「ほんと暑いですよね」

と言いながら、春香はエアコンがほどよくきいた部屋で、かき氷を食べている。

昨年奮発して買った電動かき氷器は、冷蔵庫の製氷機で作った氷をそのまま使えるし、フワフワの氷ができる。本当にいい買い物だった。

春香はすでに食事も風呂も済ませ、パジャマを着て、すっかり寝る体勢ができている。あとはかき氷を食べたら、歯を磨くだけだ。

一方祐樹は、食事もこれからだ。

だいたい夕食は外食しているようだし、今日もそうなのだろうが、この時間に空いている店となると限られているだろう。

朝や昼も適当に済ませている空気を感じるし、ちゃんと栄養が取れているのか心配になる。

「祐樹さん……ご飯、ちゃんと食べてます？」

『昼は案外ちゃんと食べてるよ。パワーランチのときもあるし』

昼休みまで仕事の話なんかしてたら気が休まらないと、春香なんかは思ってしまうのだが、社長の息子ともなるとそんなことは言ってられないのだろう。

「朝はだいたい、シリアル。シリアル最高、十秒でできる。下手したら夜も食べてるな」

「暑いからって冷たいものばかり食べていたら、なおさら夏バテしちゃいますよ」

『そうは言ってもなあ……』

ガチャっ、と車のドアを開く音がした。

『もう、パンを焼くのすらめんどくさい』

「もう……」

呆《あき》れた声を出しながらも、春香は内心喜んでいた。

再会する前の春香は、祐樹は毎朝パンとソーセージと卵を焼いて、ヨーグルトとコーヒーと一緒に優雅に食べているようなイメージだった。

見た目も中身も完璧だと思っていた祐樹が、たわいない愚痴を言ってくれるくらい、気を許してくれるようになったのが嬉しい。

それはそれとして、健康は心配だった。

まだ若いから多少の無理はきくのだろうが、いつまでもそんな生活をするのは、体によろしくない。

「祐樹さん……私、祐樹さんのおうちに、ご飯作りに行きましょうか？」

『ええっ⁉』

そんなに驚かなくてもいいのにと思うくらい驚かれた。

出しゃばりすぎてしまっただろうか。

「作り置きして保存容器に入れておけば、何日かは食べられるでしょうし」

『……いや、うち、鍋とかフライパンとか、全然ないし』

「ああ……」

なるほど、普段シリアルか外食の生活をしていたら、それはそうだろう。

かといって、自宅から調理器具を持っていってまで作るのは、春香もけっこう大変だ。

『ああ、でも、春香の手料理は食べたいなあ』

本当に食べたそうに言われたものだから、春香は言った。

「……今度、うちに食べにきます？」

『え、いいのか？』

「もちろん」

というわけで、次のデートは春香の家で春香の手料理をふるまうことに決まった。

日曜の午前十一時。

やってきた祐樹と一緒に、春香は家から一番近くて品揃《しなぞろ》えもいいスーパーに買い物に行った。

春香は料理が出来上がるくらいの時間に遊びに来てもらえればと思っていたのだが、祐樹が買い物から一緒に行きたがったのだ。

「こういうのって、なんかいいよな」

祐樹はウキウキした顔でスーパーのカゴを持っている。ふたりで並んでお買い物、というシチュエーションが気に入ったらしい。

正直、祐樹がカッコよすぎるせいでカゴがあまり似合っていないのだが、本人が気にしている様子はない。

春香は今日使う分だけでなく、これから数日分の食料もポイポイとカゴに入れていく。

「本当に、メニューは私にお任せでいいんですか？」

「うん、俺好き嫌いないから」

野菜や肉、魚、きっと夜も食べていくだろうから、つまみになるようなものも欲しい。

チーズ売り場で、お気に入りのブロック状のゴーダチーズをカゴに入れたときだった。

「あ、そのチーズ……」

「これすっごく美味しいんですよ」

「そうなの？」

「ちょっと高いんですけど。ぜひ食べてみてください」

「ありがとう」

祐樹が嬉しそうに言った。

「え？」

「それ、うちの会社が輸入してるんだ」

「えっ、と、チーズ屋さんだったんですか？」

春香は少々混乱した。

「チーズ屋さん、ではないかな。輸入商社。だけじゃないけど。他にも、飲食店とか不動産とか、いろいろやってる」

「そうだったんですか……」

もしかしたら、祐樹の父親が経営している会社は、春香が想像していたよりずっと大きいのかもしれない。

春香は怯むような気持ちになったが、祐樹はニコニコしながらべつのチーズを手に取って「これもうちの」などと言っている。

深く考えると祐樹とどう付き合っていけばいいのかわからなくなりそうだったので、春香は考えるのをやめにして、そのチーズもカゴに入れた。

外食するときはだいたい祐樹が多めに払ってくれるか奢ってくれるかだから、スーパーで買った食材代は春香が出した。

春香の家に来てからの祐樹は、落ち着きがなかった。

ソワソワした様子で、料理中の春香の周りをうろうろしている。

「祐樹さん、座っていてくださいよ」

「なにか手伝えることはないか？」

「特にないです」

普段自炊している人ならまだしも、なにもしていないひとに手伝いを頼むくらいなら、自分でやってしまった方が早い。

「今日のメニューはなに？」

「お昼は、鶏肉《とりにく》のソテーと、温野菜と、汁物と、きんぴらごぼうです」

手のかかるメニューはないので、手伝ってもらうまでもない。

きんぴらは、たくさん作っておいて、弁当を作るときにも使う予定だ。

「楽しみだなあ」

「祐樹さんのお母さんは、どんなお料理が得意だったんですか？」

お金持ちのおうちだと、横文字の名前の凝った料理を作ったりするのかなと思い、なにげなく尋ねたのだが。

「うちの母親は、あんまり料理得意じゃなくて。通いの家政婦さんがだいたい作ってくれてたから、お袋の味ってよくわからないんだよね」

家政婦さんって。そんな単語を聞くとは思わなかった。

「っ、そ、そうですか」

春香は祐樹との生活レベルの差を痛感した。

春香の家は、家政婦さんどころか、外食すらめったに行けなかった。

母は仕事で忙しかったから、母の料理は、焼いただけ、とか炒《いた》めただけなどの、簡単なものが多かった。

人参《にんじん》とささがきにしたゴボウを、ジャジャっと炒める。きんぴらはよく作るので、機械的に手が動く。

しかし醤油《しょうゆ》やみりんで味付けして、仕上げに一味唐辛子の小瓶を持ったところで、春香はハッとした。

いつもならここで、三振りは一味唐辛子を入れる。

しかし、前に行ったスープカレー屋で祐樹は、『お子様でも安心の辛さ』でもけっこう辛そうにしていた。

入れない方がいいだろうか。

でもまったく入れないとなると、味が締まらない。

三十秒迷って、春香はフワッと一回だけ、小瓶を振った。

鶏肉の皮は、パリパリに美味しく焼けた。

「美味《うま》い！」

「よかったです」

祐樹はいい食べっぷりで、春香はご飯を三合炊いておいてよかったと思った。余った分は、小分けにして冷凍しておけばいい。

温野菜はいんげんとジャガイモ、汁物は小松菜と白菜の味噌汁《みそしる》だ。

そこまでは祐樹は快調に食べていたのだが、小鉢に盛り付けてあったきんぴらごぼうを口に入れた瞬間、箸が止まった。

「……祐樹さん？」

「いや、うん、大丈夫」

そう言って、祐樹は白いご飯を何度も口に運んだ。

きんぴらに対して、明らかにご飯の量が多すぎる。あまり大丈夫ではなかったようだ。

「唐辛子はフワッと、ほんとにちょっとだけ、入れたつもりだったんですけど」

春香も自分で食べてみる。

辛さが足りなくて、全然物足りなかった。

「だんだん慣れるから、大丈夫。春香が俺に合わせるんじゃなくて、俺が春香に合わせるべきだからね」

ちょっとだけ涙目になっているのが可愛いと思ってしまった。

「頑張ってください、それ食べたら、かき氷作ってあげますから」

「かき氷って、家で作れるものなのか⁉」

「去年買ったんです、かき氷器」

電気屋で見つけた、五千円ほどの電動のものだ。アイスを何度も買うくらいだったら、シロップ代がかかるにしても高くはないと思って買ったのだが、これが美味しい上にアイスよりカロリー控えめなデザートができて最高だった。

「――ごちそうさまでした」

盛られていた分のきんぴらごぼうをキッチリ食べきって、祐樹は箸を置いた。二回おかわりしたご飯茶碗には、米粒ひとつ残っていない。

「はい、お粗末様でした」

食器をシンクに下げてから、春香はいそいそと電動かき氷器をテーブルに置いた。

「意外とコンパクトなんだな」

「そうなんですよ」

お祭りなんかで見るかき氷器よりずっと小さく、コーヒーメーカーくらいのサイズだ。

上のふたを開けて、冷蔵庫の製氷機で作った氷を、バラバラと入れる。下のくぼんだところには、ガラス製の小鉢を置いた。

「やってみます？」

「やるやる」

祐樹がウキウキした様子で、かき氷器のボタンを押す。

ガリガリと氷を削る音がして、小鉢にフワフワの氷が積もっていく。

春香は冷蔵庫の扉を開けた。

「シロップは三種類あります。イチゴと、メロンと、マンゴーと」

「メロンで」

「はい、どうぞ」

祐樹にメロンのシロップを手渡す。春香はマンゴーにした。

小鉢を入れ替え、そちらにもたっぷりと氷を削り、シロップをかける。

「家にかき氷器があると、シロップかけ放題なのがいいな」

「氷もおかわり自由です」

マンゴーのシロップがかかった氷を、スプーンで口に運ぶ。

フワフワの氷が、舌の上でスーッと溶ける。

毎日食べても全然飽きない。祐樹も幸せそうに目を細めている。

「次はイチゴにする」

「どうぞ」

春香はかき氷器にまた製氷機の氷を入れてあげた。ガリガリと氷が削られ、小鉢に再びキラキラした氷の山ができる。

人工的な色をした派手なシロップは、自然食など気にするひとは嫌厭《けんえん》してしまうだろうが、春香はケミカルで可愛いなと思っている。

「かき氷なんて、久しぶりに食べたよ」

二杯目も完食して、祐樹が笑う。

そのとき舌がチラッと見えて、春香は「フフッ」と笑ってしまった。

「なに？」

「祐樹さん、舌がすごい色」

イチゴとメロンが合わさってなんとも言えない色に染まっている。

祐樹が、べっ、と舌を出して見せつけてきたから、なおさらおかしくなってしまう。

「春香だって、まっ黄色だぞ」

「そうでしょうね」

春香もいたずらっぽく、べーっと舌を出す。

「……美味そう」

祐樹がふと真顔になった。

「えっ」

祐樹の顔が近づいてきて、唇を奪われる。

すぐさま舌を絡め取られ、強く吸われた。おかげで、口のなかでメロンとイチゴとマンゴーが混ざり合って大変なことになる。

「んんっ……あんん……」

もう何度も祐樹とキスはしてきたが、こんなに甘ったるいのは初めてだった。

最後にチュッと音を立てて、唇が解放された。

「さあ、どうなった?」

祐樹が再び、べーっと舌を出してみせてくる。

さっきよりもっとひどい色になっていたから、春香はまた笑ってしまった。

2

二日前に封切られたばかりの映画を観にきた客で、新宿の映画館はいっぱいだった。なにせ、超人気監督の、十年ぶりの新作アニメーション映画なのだ。春香も制作が発表されてから、観るのを楽しみにしていた。

人混みのなか、ポップコーンとドリンクを買いに行っていた祐樹が、春香のところに戻ってきた。

「お待たせ」

「ありがとうございます……す、すごい量」

ポップコーンが一番大きいサイズだ。

春香はいつもはひとりで映画を観に行く。そのときは、ポップコーンどころかドリンクも買わない。

いかにもデート！　という感じがして、楽しくなる。

もう入場がはじまっているので、係員にチケットを見せて、一番大きなスクリーンのある上映室に入る。

座席は後方真ん中の見やすいところを、祐樹が予約してくれていた。

スクリーンには、今後上映される映画の予告編が流されている。

祐樹は席に着くなりさっそくポップコーンの容器に手を入れ、「うまっ」と言いながらモリモリ食べている。

その様子を見ていると春香も食べたくなってしまい、少しもらう。美味しい。塩味だった。

ポップコーンなんて、食べるのは何年振りだろう。

「朝ご飯、食べ損ねちゃってさ」

「またですか」

春香は顔をしかめた。

祐樹の食生活は、乱れ気味だ。平日は忙しいしある程度仕方がないかもしれないが、せめて休日くらいはちゃんと食べてほしい。

「シリアルだけでもいいですから、食べてくださいよ」

「はーい」

返事が軽い。

映画を観終わったら、有機野菜たっぷりのレストランで少し遅めの昼食を摂ろうと春香は心に決めた。

「どんな内容なんでしょうね、映画」

こんなに楽しみにしているのに、春香はこれからはじまる映画の内容をまったく知らない。

この映画のプロデューサーが、まったく宣伝しない、という広報戦略を取ったからだ。

パンフレットの発売すら封切り後しばらく経ってからにするという徹底具合のおかげで、題名と一枚のイメージ映像しか得られる情報がなく、満員の観客たちは全員、春香と同じようになにも知らない。

予告編が終わり、いよいよ本編がはじまった。

青い空を鳥が飛んでいる。美しい映像だ。と思ったら、視点が下がっていき、荒廃した街が映った。

一瞬地震後なのかと思ったが、がれきの下から這《は》い出《で》てきたひとたちの服装から考えて、戦時中のようだ。気の強そうな男の子が主人公か。

なにせなにも前情報がなかったものだから、そういうところからしてよくわからない。

この監督の映画は、おおまかに言って、ワクワクさせてくれるような冒険ものと、社会問題について深く考えさせられるようなものがある。

今回は後者なのだろうか。

真剣に観ていると、まだ序盤だというのに、主人公の母親が火事に巻き込まれて亡くなる場面が出てきた。

子供を思う気持ちが痛いほど伝わってきて、春香は早くも涙腺が緩みそうになった。

とそのとき。

「う……」

呻《うめ》き声のようなものがわずかに漏れ聞こえてきて、春香は横を向いた。

祐樹の頬に、涙が伝っている。

びっくりしてしまい、春香の方の涙は引っ込んだ。見てはいけないものを見てしまった気もするし、ずっと見ていたい気もする。

ともあれ、いまは映画に集中するべきだろうと思い、春香は再び前を向いた。

約二時間の映画を観終わり、劇場から出る。

パンフレットはまだ発売されていないから、イメージ映像のクリアファイルだけ売店で記念に買った。

「お昼、どうしよっか」

祐樹はもう泣いてはいなかった。

途中からは主人公が異世界へ迷い込み、冒険するような内容になったので、涙腺を刺激してくるような場面はなかった。

「野菜食べに行きましょう」

「野菜？」

はい、と頷き、春香はあらかじめ調べておいた店に向かって歩きだした。

映画館から歩いて五分ほど行ったところにある雑居ビルの二階に、そのレストランはあった。

メインの料理を頼めば、有機野菜のサラダが食べ放題になる人気店だが、昼食には少し遅い時間だったため、すぐに入れた。

祐樹はハンバーグ、春香はサーモンのソテーを頼んでから、サラダバーに行き、野菜をお皿いっぱいに盛ってきた。

「映画、おもしろかったな」

「はい……」

「なに。そうでもなかった？」

「いえ、おもしろかったですけど……祐樹さんって、映画で泣くタイプだったんですね。ちょっと意外でした」

「泣きますよ。俺をなんだと思ってるの」

もしゃもしゃと、サニーレタスを食べながら祐樹が言う。

勝手に、泣かせる場面や怖い場面でもあまり顔が変わらないタイプだろうと思い込んでいたのだ。

かき氷ではしゃいだり。映画の悲しい場面で涙を流したり。

付き合いだしてから、ただの先輩後輩だったときには知らなかった祐樹の顔が、いくつも見られるようになって、春香は嬉しかった。

「……でも、最後の方、ちょっと意味がよくわからなかったなあ」

「最後の方？」

「結局、あの魔法使い？　みたいなおじさんはなにがしたかったんだろう」

「主人公に跡を継がせたかったんじゃないですか」

「ああ、そういうことかあ」

メインの料理が出てきて、いったん会話が中断した。

サーモンのソテーは、脂がのっていて、とても美味しかった。

跡を継ぐといえば、少し気になっていたことがある。

「祐樹さんは、お父さんの会社を継がれるんですか？」

事業をやっている家に生まれていないので、その辺の感覚がよくわからなかったのだ。

「んー、まだわからないなあ」

祐樹はハンバーグを口に入れて、美味しそうな顔をした。肉と野菜で、食べるときのテンションがだいぶ違うのがおもしろい。

「親父《おやじ》は好きにしろみたいなこと言ってたけど。まだまだ親父は現役だし、親父が引退する頃に考えればいいかなって」

「そうなんですね」

「優秀な社員がいっぱいいるし、必ずしも俺が社長をやらなきゃいけないってことはないからね。早期にリタイアして、海外をぷらぷらしながら配当金で暮らすのもいいな」

海外をぷらぷら。配当金で暮らす。

春香が考えたこともないような生活を当たり前のように言われ、ぽかんとした顔をしてしまった。

「春香はどこの国がいい？」

どこって。

「私、パスポート持ってないです」

海外なんて、一度も行ったことがない。行く日がくるとも思っていなかったのだが。

「パスポートは、作ればいいよ……そうだ」

いいことを考えた、というように、祐樹が目を輝かせた。

「夏休みは俺今年取れそうにないし、冬はお互い実家に行ったりしなきゃいけないだろうけど、来年のゴールデンウイーク辺りに行けそうだったら、どこか景色の綺麗な国に撮影旅行に行かないか」

「えっ」

「街並みが綺麗な国でも、自然が豊かな国でも。ふたりでカメラ持って行ったら、きっと楽しいよ」

それは楽しいだろうが、春香には気軽に海外旅行に行けるようなお金はないから、返事に困ってしまう。

「ああ、旅費は俺が出すよ、俺が誘ってるんだから」

「まさか、そういうわけには」

「春香は真面目だね。いいんだよ、俺が春香と行きたいんだから」

で、どこがいい？　と祐樹が身を乗り出してくる。

「ええと……ハワイ？」

発想が貧困だったろうか。海外旅行と言われると、それくらいしか思いつかない。

「ハワイ。いいね！　海が綺麗だ」

祐樹が笑顔でフォローしてくれる。

「祐樹さんは行ったことあるんですか？」

「何度か。シュノーケリングでウミガメと泳いだりできて楽しいよ」

それはとても楽しそうだ。

と思ったのは、顔に出た。

「よし決定。予約しておくよ」

「え、もうですか？」

まだ七月だ。来年の予約をもうするなんて、ずいぶん気が早いと思ってしまう。

「年末年始とかゴールデンウイークは、いいホテルからどんどん埋まっていくからね。今日予約しても遅いくらいだよ」

そういうものなのか。

世のなか不景気といいつつ、あるところにはお金があるらしい。

とはいえさすがに全額出してもらうわけにはいかないだろう。せめて、半分くらいは出させてもらわなければ。

いったいいくらくらいするものなのか、全然わからないけれど。

「運がいいと、イルカとも泳げるよ。あとは、そうだなあ。ハワイは、朝食が美味しい」

「パンケーキですか」

「そうそう。日本にもけっこう出店してるよね」

すごい行列だと聞いたことはあるけれど、春香はまだ食べに行ったことがない。

「楽しみだな。春香といると、楽しいことがいっぱいだ」

屈託なく言われ、自然と笑顔になる。

春香も、祐樹といると、楽しいことがいっぱいだった。

3

次の日、買い物帰りに寄った旅行会社の店先で、春香はハワイ旅行のチラシを見つめて難しい顔をしていた。

高いのだ。想像していたよりずっと。

一桁違うとまでは言わないが、五倍はするイメージだ。

旅行日数五日間といっても、飛行機に乗っている時間が長いので、現地のホテルに泊まるのは三泊となる。

その三日間のために、数十万も払うと思うと、気が遠くなってしまう。

海外旅行なんていままで興味がなかったから、全然相場を知らなかった。

料金表を見て、ゴールデンウイークに行こうとするのがまず間違いなのだと思った。泊まるホテルや飛行機の座席など、他の条件はまったく同じにもかかわらず、普通の平日とゴールデンウイークでは値段が三倍近く違うのだ。

カレンダー通りにしか休めないひとの足元を見ている感じがして、憤慨してしまう。

悶々《もんもん》と考え込んでいると、店のなかにいた店員が、春香を見てきた。

春香はチラシを一枚引き抜いて、店に入った。

「すみません」

「はい、いらっしゃいませ。どうぞおかけください」

緩くパーマを掛けた春香と同年代らしい店員が、ニコリと笑って席を勧めてきた。

「これなんですけど……」

座りながら、テーブルの上に取ってきたチラシを置いた。

「はい、こちら、当店大人気のプランでございます」

「もっと、安いのないですか」

単刀直入に尋ねた。

「そう……ですね。日程はゴールデンウイークがよろしいですか?」

「はい」

店員が後ろの棚からファイルを取り出し、パラパラとめくりだした。

「――こちらなど、先ほどのプランよりはお値打ちとなっておりますね」

チラシを一枚取り、春香に渡してくれた。

ゴールデンウイークになると金額が跳ね上がるのは同じだが、それでもたしかにさっきのチラシよりは、何万か安い。

「さっきのと、内容はなにが違うんですか？」

「ホテルのグレードですとか、飛行機の搭乗時間が違います。あとはお食事の有無ですね」

「なるほど……」

ホテルは、あまりに安宿すぎると、祐樹は不満に思うかもしれない。

飛行機の搭乗時間は、不便な時間だと、せっかくの現地滞在時間が短くなってしまう。

食事の有無は、結局向こうでお金を払って食べるならどっちでも変わらないだろう。

つまり、お値打ちのプランとやらは、使えないことになる。

「……これ、いただいていいですか」

「はい、どうぞご検討くださいませ」

春香はチラシを二枚もらって、店を出た。


家に帰って、もらったチラシを、下の方に小さな字で印刷されている注意書きまで全部読んだ。ホテルのグレードとやらは、ホテルの名前をインターネットで調べるとだいたいどのくらいの差なのか理解できた。

当たり前だが、グレードが高いにこしたことはないようだ。

昨日は祐樹にのせられてハワイに行くことに同意した形になってしまったが、一日おいて冷静になってみると、行けるわけがない。

派遣社員は時給こそ高めだが、ボーナスがない。月給から仕送りと奨学金の返済をしている春香は、まとまったお金を貯《た》めるのが難しい。

春香はチラシを見て、溜《た》め息《いき》をついた。

たとえ半額でも、とても出せそうにない。

祐樹はほぼ毎晩、電話を掛けてくる。そのときに、やっぱりハワイ旅行は無理だと言おう。

春香はそう思ったのだが。

「――もう申し込んだ!?」

『うん。昨日帰ったあと、すぐ』

祐樹の行動の早さに頭がクラクラした。

「いや、あの……申し訳ないんですけど……」

『うん?』

「私、ゴールデンウイークの旅行がここまで高いなんて知らなくてですね、今日旅行会社のチラシをもらってきたんですけど、半額でも、とても払えそうになくて……」

『あ、大丈夫。もう払い込んだから』

「もう払い込んだ⁉」

早い。早すぎる。

祐樹のスピードに、まったくついていけない。

「祐樹さん」

『はい』

「さすがに何十万もするものを、奢っていただくわけにはいきません」

『俺がいいって言ってるのに……』

祐樹は不満そうだが、対等な付き合いを続けていくためにも、ここは譲れない。

「旅行するにしても、もっと近いところにしましょうよ。鎌倉とか、仙台とか」

『だいぶ近いな⁉』

「日本にだって、いいところいっぱいありますよ」

『じゃあ、せめて沖縄とか……』

「ううん……」

沖縄は、遠いから高い気がする。

なかなかうんと言わない春香に、祐樹はじれったそうだ。

「とりあえず、ハワイの予約は取り消しておいてください。軽はずみに行くなんて言ってしまって、すみませんでした」

『いや。俺、春香の真面目なところ、好きだよ』

たまには不真面目になってほしいけど、と付け足された。

「祐樹さん、今度ハワイの朝食を出してくれるお店に行ってみませんか。混んでいるかもしれませんが」

それくらいなら行けるし、行列に並んだとしても、祐樹とならきっと楽しい。

「いいね。俺エッグベネディクト食べたい」

「私はパンケーキにしようかな」

「そっちも食べたいな。半分こにしよう」

「了解です」

落としどころを見つけたところで、お互いお休みなさいを言い合い、電話を切った。

楽しみにしてくれていた祐樹には申し訳ないが、ハワイ旅行はなんとか諦めてもらえて、ホッとした。

春香は祐樹とならどこに行っても楽しいから、無理をしてまで海外に行きたいとは思わない。

それにしても、数十万かけるふたり分の金額を、昨日の今日でもう払い込みまでしていたなんて、本当に驚いた。

それだけの金額をパッと動かすなんて、祐樹にとっては普通のことなのだろうか。祐樹でなくても、ボーナスが出るサラリーマンなら普通なのか。

春香にはよくわからなかった。

ハワイ旅行のチラシを二枚とも、紙ゴミをまとめているところに入れる。

未練はなかった。

第六章

1

八月になった。

世のなかは夏休みで、レジャーに出かけるひとが増える。

ということは、自動車事故が増えるということで、コールセンターのオペレーターはものすごく忙しくなる。

取っても取っても電話がかかってきて、壁にある電光掲示板には、いま何件着電が溜まっているのかが表示されていて、焦る。

電話と電話の間に近くの席の同僚と軽く雑談、なんてこともまったくできず喋りっぱなしで、勤務時間が終わると毎日ぐったりだ。

それでも会社に所属する人数が多いだけあって、長時間の残業や休日出勤をする必要がないのはありがたい。

「――やあぁ……今日もきつかったわ……」

ロッカールームで隣に立っている琴子は、ぐったりした様子だ。

「ほんと、声が嗄《か》れちゃいそう」

というか、最後の方はもう嗄れていたように思う。

その点、琴子は劇団で発声練習などしているだけあって、どれだけ電話を取っても、よく通る声のままだ。

「この暑いのに、よくみんな出かけるよね。冷房効いた室内でじっとしててくれれば、事故なんて起きないのに」

そう言いたくなる気持ちはわかる。

「琴子は武史くんとどこか出かけないの？」

時給で働いている春香たちに夏休みという概念はないが、普段の休みに有休をくっつけて連休を取るオペレーターはけっこういる。

「ぜーんぜん。なんの予定もなし。そんな時間も、お金もないし」

琴子は大きくため息をついた。

「私さあ」

「うん？」

「十一月には、三十になるんだよね」

「そうだったね」

去年の十一月に、ちょっとした贈り物をした記憶がある。

「来年も再来年もその先も、こんなふうにバタバタしながらカツカツの生活をしているかと思うと、なんか……いろいろ考えちゃう、正直」

「でも、劇団は続けたいんでしょう？」

「そうなんだけど、無理かも」

「えっ？」

「団員のひとりが、田舎に帰るから今年いっぱいで辞《や》めたいって言い出してて」

「そうなんだ……」

武史が副団長を務めていて琴子も所属している劇団は、全員合わせても十人に満たない、小さなものだ。

ひとりとはいえ、団員が抜けてしまうと、穴が大きいのだろう。

「私は、名残惜しいけど、潮時《しおどき》かなって、どっかで思ってるんだよね。でも武史がだめ。全然だめ。劇団のために生きてるようなひとだから」

その武史は、今日は春香たちより二時間早く終わるシフトだったのだが、すでに掛け持ちしているべつのアルバイト先で働いている。

劇団の維持費を稼ぐためだ。

「春香は？　次の休みに有休くっつけてたじゃない、彼氏とどっか行かないの？」

空気を変えようとしたのか、明るい声で琴子が言った。

「んー……」

「あらら。浮かない顔」

次の土曜と日曜、祐樹と出かける予定はあった。

ぜひにと祐樹に頼まれ、了承はした。

「土曜日は、お互い好きなバンドのライブに行くんだ」

これは、いい。

「あら、いいじゃない」

「それで、日曜は……彼の実家に、遊びに行くことになって……」

そう言うと、琴子は目を丸くした。

「付き合って二か月で!?　早くない!?」

「いやいやいやっ、いますぐ結婚しようとか、そういうんじゃないの。ただ、ご両親に私のこと話したら、ぜひ会ってみたいっておっしゃったらしくて」

「未来の嫁の品定めだ」

「怖いこと言わないでよ」

「あぁあー、でもいいなあ、御曹司と玉の輿婚かあ。一生お金に困らないで暮らせるんだろうなあ」

そう言われても、返事に困る。

春香が自分の仕事や親の話をほぼまったくしないからだと思うが、祐樹の方もいままでそれらについてあまり詳しく話してきたことはない。だから、父親が経営しているという会社の規模を春香はよく知らない。

ただ、過去に通いの家政婦さんがいたという話から、それなりに裕福なのは間違いないだろうと思う。

「あんまり立派な家でも困るよ。つり合いが取れないっていうか」

「まあ、それはあるよね」

母子家庭で育ったことを恥じてはいないけれど、気後れしてしまってはいる。

介護職の母の給料だけでは、中学生の弟を養っていけず、春香は月に五万仕送りをしている。

こんなカツカツの暮らしをしている小さなアパート暮らしの実家に、とても祐樹を連れて行こうとは思えなかった。

「琴子は？　武史くんのご両親と会ったりしてないの？」

「ないない。あいつの実家、九州だもん。結婚が決まりでもしないと、わざわざ行こうとはならないよ」

「そっか」

琴子と武史は、付き合って十年になる。きっと結婚を考えることもあるのだろうが、外野が気安く聞ける感じではない。

バタンとロッカーの扉を閉じて、琴子が伸びをした。

「行こっか」

「うん」

春香もロッカーを閉じ、ふたりでロッカールームの出口へと歩きだした。

2

十八時開場、十九時開演。整理番号順の入場で、オールスタンディング。

土曜日の夜、春香は祐樹と一緒に都内最大級のライブハウスにやってきた。

入り口で五百円を払い、ドリンクと引き換える。まだなにもはじまっていないのに、ライブハウスのなかは熱気でいっぱいだった。

なにせ、伝説のロックバンド『テンダーボーイ』の、五年ぶりの復活公演なのだ。みんな、彼らの復活を待ちわびていたのがわかる。

春香はいまでも、テンダーボーイについて祐樹と初めて話したときのことをよく覚えている。あれは、大学生の頃。ふたりでキバナコスモスの花畑に撮影に行こうとしていた車のなかでのことだ。祐樹がなにか曲をかけようと言い、テンダーボーイの一枚目のアルバムをかけてくれた。

それが春香の大好きなアルバムだったことから話が弾み、目的地に着くまでずっとテンダーボーイの話をしていた。

祐樹とふたりきりということで緊張していたのが、一気に打ち解けられたみたいで、嬉しかった。そして、祐樹のモデルを務めるお礼として、テンダーボーイのライブを奢ってくれるという約束までした。

アルバムを聴いてはいたものの、ライブには行ったことがなかったのもあり、春香はその約束をそれはそれは楽しみにしていた。

しかし、テンダーボーイの電撃的な解散宣言のせいで、約束が果たされることはなかった。

それがまさか、五年の月日を経て叶《かな》うなんて、夢みたいだった。

場内にいくつかある、観客を区切るためのポールにもたれ、わくわくしながら開演を待つ。

周囲のひとたちも、皆子供みたいに目を輝かせている。

「はじまったら、泣いちゃうかも」

「大丈夫。俺も泣いちゃいそう」

祐樹も待ち遠しいらしく、そわそわしている。

「一曲目、なんでしょうね」

「メジャーデビュー曲……は、ないな。そんな選曲はしなさそうだ。インディーズ時代の人気曲でくるんじゃないかな」

などと雑談しているうちに、会場の照明が落とされた。

ほぼ真っ暗になった空間に、観客たちのテンダーボーイのメンバーを呼ぶ声が響く。

ドンっとドラムを叩く音。

一瞬の静寂のあとにステージが明るくなり、嵐のような歓声と演奏でライブハウスははち切れんばかりになった。

約三時間でライブが終わり、外に出るともう空は真っ暗だった。

「――すごかったぁ……」

「最高だったな……」

祐樹が手を繫いでくる。どちらの手も、熱く、汗でぬるついている。

テンダーボーイは五年のブランクをまったく感じさせず、完璧な演奏を見せた。

癖の強いMCも変わっていなかった。

「再結成した理由が『金が無くなったから』って、正直過ぎないか」

「しばらく活動して、またお金が溜まったら、止めちゃいますよね、たぶん」

春香の言葉に、祐樹がうんうんと何度も頷く。

「やっぱり初日に来てよかったよ。さてと、喉渇いたな。腹も空いた……ちょっと、なにか食べてく？」

ライブがはじまる前に軽く食事はしたのだが、興奮しすぎて消化しきったのは春香も同じだった。

しかし時刻は午後十時を過ぎていて、いまから店に入ると帰りが終電ギリギリになってしまいそうだ。明日の予定は午後からとはいえ、ちょっと躊躇してしまう。

考え込んでいる春香の肩を、祐樹がそっと抱いてくる。

「正直に言おう。このままさようならだと、俺が寂しいんだ。今夜は、まだ春香と一緒にいたい」

「祐樹さん……」

その気持ちは、春香にもわかった。

ライブハウスでの熱狂的な空気を、もう少し彼と共有していたかった。

「そうだ、ホテルに泊まろうか」

祐樹が立ち止まった。

「えっ？」

「俺の実家に行くのは午後二時頃って約束だし、朝までゆっくりできるよ」

今日はライブハウスでお酒を飲むからと、祐樹は電車で来ている。

コンビニで最低限の下着だけ買ってホテルに泊まり、朝の電車で家に帰り、着替えて祐樹に車で迎えに来てもらい、彼の横浜の実家に行く。

春香の家は、祐樹の家から横浜に行くのと逆方向にある。行ったり来たり、できなくはないだろうが、なかなかバタバタしそうだ。

「ああ、朝？　春香の家には帰らなくていいんじゃない？」

「そういうわけには」

今日着てきた服は、ライブのせいで汗まみれだ。とても明日も着て祐樹の両親と会おうとは思えない。

「着替えなら明日買おう。この辺にいくらでも売ってるだろうから」

たしかにライブハウスは大きなショッピングモールのなかに入っていて、婦人服店もホテルもいくらでもある。

しかし、ライブのチケットは奢りだったとはいえ、予定外に服を買ったりホテル代を半分払ったりするのは、正直お財布的にきつい。

と思ったのだが。

「楽しみだなあ、春香の服を選ぶの。似合いそうなのをプレゼントするよ」

「えっ、そんな、買っていただくわけには」

誕生日でもなんでもないのに、プレゼントをもらう理由がない。しかし祐樹は、もう決めたという感じで、上機嫌になってホテルの方向へ歩き出した。

「俺が買いたいんだ。俺が買った服を春香が着ると思うだけで、脱がせたくなる」

「ぬがっ……!?」

春香はそれ以上なにも言えなくなり、顔を真っ赤にしてホテルへ連行された。

急遽《きゅうきょ》取ったホテルの部屋は、春香の知るそれとは違った。

鍵を開けてなかに入ると、春香の家全部より広いリビングがあり、ベッドルームはその隣にあった。ベッドは、キングサイズだろうか。大きいのがひとつだけだ。

これはいったいいくらするのだろうと、不安になる。

「どうしたの？」

祐樹は部屋に入ったところで固まってしまった春香を見て、不思議そうな顔をしている。

「祐樹さん、ここはずいぶん、お高い部屋なのでは……？」

「そんなでもないし、まさか女性に払わせようなんて、思ってないよ」

当たり前でしょうとばかりに言われ、そういうものなのかとなんとか納得する。

付き合って二か月。祐樹と休日にどこかへ行くときは、屋外で撮影会をすることが多かったし、食事をするときは軽装で入れるようなところにしか行かなかった。

だから、祐樹が自分より裕福なことは間違いないが、そこまで金銭感覚の差を感じたことはなかった。

しかし、通いの家政婦さんがいたという話も以前していたことだし、もしかしたら自分が思っていたよりずっと、祐樹の実家はお金持ちなのかもしれない。

春香は明日横浜の彼の実家に行くのが、急に怖くなってきた。

恐る恐る、浴室らしきドアを開けてみる。ビジネスホテルによくあるユニットバスではなく、洗い場と広い浴槽がある浴室だった。

「疲れたし、浸《つ》かりたいよな。お湯溜めておこうか」

祐樹がお風呂の準備をしてくれる。

そこへ、飲み物と軽食のルームサービスがやってきた。フロントで頼んでくれていたようだ。

ふたりでいただきますをして、さっそく食べることにする。カツサンドのカツは揚げたてで、肉が柔らかくてとても美味しかった。

「今日は楽しかったな」

「はい、とても」

「約束が果たせてよかった」

祐樹が缶ビールを手に微笑む。

春香の大好きな笑顔だ。ずっと一緒にいたいと思う。

けれど、頭のどこかで、それは無理だと常に思っているし、祐樹がこの部屋を取ったことでその思いはいっそう強くなった。

春香には、祐樹を一生自分に繋ぎとめておける自信がまったくなかった。

だからといって、自分から別れようとは思わない。いつか祐樹が春香に飽きたときには、みっともなく縋ったりせず、すっと身を引こうとは思っている。

初めて好きになったひとと結ばれて、愛される喜びを知った。それだけで十分だ。

「そろそろ溜まったかな」

祐樹が風呂場に行き、すぐに戻ってきた。

「もういいよ。疲れたろ、先に入りなよ」

「ありがとうございます」

「それとも、一緒に入る?」

「えっ、むっ、むむ無理です……!」

祐樹の笑い声を背に、春香はベッドに置かれていたパジャマとホテルに入る前にコンビニで買った下着を持って風呂場に逃げた。


汗を流した春香は、ひとりでは広すぎるベッドに、ばふっと仰向けになった。祐樹は春香と入れ替わりでバスルームに入った。

体のなかに、まだついさっき聞いたバンドの音が残っている感じがする。

初めて生で聞いたテンダーボーイの演奏は、CDやストリーミングで聞くのとは迫力が違った。

祐樹と一緒に来られて、本当によかったと思う。

横になったまま、アンコールで演奏された曲を口ずさんでいたら、祐樹が髪を拭きながらやってきた。

「ご機嫌だね」

「楽しかったです」

「俺も」

祐樹の顔が下りてきて、ちゅっと額にキスされた。それから、両頬にも。じゃれ合うような触れ合いが気持ちよく、ちょっとくすぐったかった。

少しして唇を塞がれ、春香は祐樹の背中に腕を回した。そんな振る舞いが自然にできるくらいには、彼と唇を重ねることに慣れた。

「んん……」

口のなかに侵入してきた祐樹の舌を迎え入れる。

キスは好きだ。

唾液が混じり、ふたりの境目がなくなっていく感じがたまらない。

息もできないくらい濃厚に舌を絡め合い、体を撫で合う。

テンダーボーイとカメラが好きでよかった、とふわふわしてきた頭の片隅で思う。生まれや育ちに埋めがたい差があっても、共通の趣味があれば、一緒にいることを楽しめる。

祐樹の手が、膝下まである前開きのパジャマのボタンを外しにかかった。

キスの先は、まだ緊張する。

初めて抱かれてから、約一か月。まだ片手で足りるほどしか最後まではしていない。

祐樹はいつも優しく、丁寧に春香の体を扱ってくれる。だから痛かったり苦しかったりすることはほとんどないのだが、回数を重ねるたびに快楽が深まっている感じがする。自分で自分を制御できなくなりそうで、少し怖い。

キスを続けながら、祐樹の手は器用にボタンを外し続け、春香のへその辺りまできた。

ブラジャーをつけていない胸は、少し横に流れている。それをたぷたぷと持ち上げるようにされて、春香はビクッと震えた。

「春香はだんだん敏感になるね」

祐樹が楽しそうに言う。

胸の先をカリッと甘噛みされ、またビクッと背中が跳ねた。

「は、恥ずかしい……」

けれど、祐樹にならなにをされても嫌ではないし、気持ちがよかった。

左右の乳房を寄せ集めるように、祐樹の両手が動く。さざ波のような快楽が湧きあがり、春香は両目を閉じた。

体の線を確かめるように体中を撫でられる。触れられたところから、少し熱い祐樹の体温がじんわりと染み込んでくるようだ。

温泉に浸かっているみたいに心地よく、うっとりしていると、足の先から下着が抜き取られた。

あそこはもう、濡れてしまっている。それを知られてしまう恥ずかしさと、触れてもらえる期待でドキドキしていると、両脚の膝裏をグッと持ち上げられた。

「え……？」

いままで、そこへの愛撫なしに挿入されたことは一度もない。

驚いてまぶたを開くと、信じられないような光景が目に飛び込んできた。

祐樹の顔が、大きく開いた春香の脚の間にあったのだ。

「きゃっ……！」

悲鳴を上げて反射的に脚を閉じる。祐樹の頭を強く挟んでしまい、どうしていいのかわからなくなる。

「ゆ、祐樹さ――」

ぴちゃっ、と濡れた音がした。

なにが起きたのか理解できず、祐樹の頭を太股で挟んだまま、硬直する。

ぴちゃり、ぴちゃりと猫が水を飲むような音が続く。そして、割れ目に鋭い快感が走る。

「あっ……そんな、ダメえぇっ！」

あそこを舌で舐められているのだと理解した瞬間、春香は悲鳴を上げた。顔が燃えるように熱い。そんなところに口をつけられるなんて、信じられなかった。

ずり上がって逃げようとするが、祐樹は春香の太股を抱え込んでしまって離さない。春香は指とは違う、柔らかくて濡れたものに愛撫される感触に身悶えた。

「ああっ……んあっ、ほんとに、ダメえっ……んううっ」

「ん……美味しいよ」

「っ!!」

そんなこと言わないでほしい。

激しい羞恥と快感で、頭がおかしくなってしまいそうだ。

しっかりと抱えられた腰が揺れる。

口からは、自分のものとは思えない甘ったるい喘ぎが漏れっぱなしだ。

蜜液が恥ずかしいほど溢れてきては、祐樹がそれを舐め取っているのがわかる。

その舌が、一番感じる肉の突起を捉えた。

「――ああんっ！」

春香は顎を跳ね上げて大きな声を上げた。

信じられないくらい気持ちがよかった。

チロチロと、肉芽の上を舌の先端が這《は》い回る。

あまりの快楽にブルブルと脚が震え、もっともっととねだるように腰が動いてしまう。

「んあぁっ……ダメ、もうっ……！」

太股の内側に力が入る。

極限まで敏感になった肉芽を休むことなく舐め転がされ、切ないような快楽の大波が春香を押し流した。

「んぐっ……！　くうぅっ……あ、あああっ」

ガクッガクッと腰を揺らして、春香は絶頂に達した。

あまりの気持ちよさに、目尻から涙がこぼれ出る。うまく息ができなくて少し苦しいし、視界は真っ白でなにも見えない。

「ああ……はあ、はあぁ……」

絶頂感は長引き、しばらく視点は定まらなかったが、意識がはっきりしてくるにつれて周りの状況が見えてきた。

祐樹はいつのまにかベッドに座り、春香の手を握ってくれていた。

「大丈夫？」

「は、はい……」

とんでもない痴態を晒してしまったのではないかと思うと、彼の顔がまともに見られない。

「可愛かったよ」

そう言われても、恥ずかしいだけだった。春香は膝をもじもじさせて、祐樹から視線を逸らした。

「入れてもいい？」

祐樹の手が、膝に置かれた。

「あ……は、はい」

終わったような気分でいたが、まだイッたのは自分だけだった。

硬いものにコンドームを被《かぶ》せて、祐樹がのしかかってくる。じっと春香の目を見つめて、口淫で綻んだ入り口に肉棒の先端を押し当てた。

「あっ……」

もう何度か受け入れたものではあるけれど、挿入される瞬間はまだ緊張する。

ぐぐっと腰を押し付けられ、丸みのある先端が食い込んできた。たっぷりと蜜が分泌されているので、痛みはない。

ズズッ、ズズッ、と少しずつ深いところまで祐樹が入ってくる。なかの壁を擦られる感じがたまらなかった。

やがて肉と肉のぶつかり合う感触がして、祐樹が動きを止めた。全部なかに入ったようだ。

「はあぁ……」

春香は大きく息を吐いて、ふたりの繋がっている部分に目をやった。何度入れられても、あの大きなものが自分のなかに収まるなんて、信じられない。

下腹部に力を入れる。自分のなかの彼の硬さや太さをより強く感じて、思わず祐樹の二の腕にしがみついた。

「春香……」

深いところまで挿入したまま、祐樹が上体を倒して抱き締めてくる。祐樹はパジャマを着たままだが、首元に顔を埋めると彼の匂いがして、安心した。腰を回して奥の壁をこねるようにされ、じんわりとした快感が体の奥に生まれる。

「んんっ、んっ……はあ……」

初めてのときこそ、多少の痛みを感じたが、いまはもう気持ちいいだけだ。回数を重ねるごとに体がこういう行為に馴染《なじ》んでいっているようで、どこまで気持ちよくなってしまうのか怖い気持ちは少しある。

ズブズブと、硬いものが自分のなかを出たり入ったりしている。

まぶたを閉じて感じ入っていると、優しく唇を塞がれた。

「んむうっ、んっ、うんっ……」

春香は夢中で自分から舌を絡めた。上下の粘膜で同時に繋がると、一体感がすごかった。

じゅぷじゅぷと、唾液の弾ける音がする。

下の方からも、蜜液が掻《か》き出されている音がした。

彼を包む粘膜が、きゅうきゅうと断続的に収縮している。自分の体が、抱かれることを喜んでいるのがよくわかる。

セックスというものは、こんなにも気持ちがいいものなのかと、抱かれるたびに思う。他のひととはしたことがないからわからないが、相手が祐樹だからだと思いたい。

「んんっ……はああっ、あ、んああっ」

息が苦しくなって、祐樹の唇を振りほどいた。

先ほど舌でイカされたばかりだからか、昇っていくのが早い。体の奥が切なくて、もっともっと突かれたくてたまらなくなる。

それなのに突然、ズルッと肉棒を抜き取られ、春香は悲鳴を上げた。

「ああんっ——!?」

思いっきり不満そうな声が出てしまったが、それを気にする余裕もない。

「春香、うつ伏せになってみてくれる？」

「え……？」

なにを言われているのかよくわからない。ただ、一刻も早く寂しくなってしまった穴を埋めてほしかった。

「こうして……そう、お尻を上げて」

祐樹が春香の体をひっくり返し、ぐいっと腰を持ち上げる。春香は四《よ》つん這《ば》いになって祐樹にお尻を突き出す格好になった。

さすがに恥ずかしくて、快楽でとろけていた頭が少し冷めた。

「は、恥ずかしい……」

春香は腰を引こうとしたが、ウエスト部分をしっかりと祐樹に掴まれてしまった。

「入れるよ……」

「えっ」

後ろから入れられる体位がある、という知識はある。が、実際にされるのは初めてだ。

戸惑って後ろを振り返った春香に微笑みかけ、祐樹は肉棒を手で支え、一気に奥まで埋め込んできた。

「はぁんっ――！」

いままでとは違う角度で奥を突かれた衝撃に、春香は思い切り背中をのけぞらせた。

チカチカと目の前で火花が散る。

「動くよ」

ズン、ズンと重みのあるストロークで奥まで抉《えぐ》られ、気持ちいいのか苦しいのかわからなくなる。

「あっ……はああっ、んあっ、ダ、ダメええっ……！」

口からは甲高い喘ぎ声が漏れっぱなしで、唇の端から唾液が一筋シーツに落ちた。正常位のときとは突かれる感覚が違い、まるで初めてセックスしているかのように感じた。

「はあ……春香、春香……」

春香の名前をうわ言のように呼びながら、祐樹は何度も腰を叩きつけてくる。下を向いている乳房が、そのたび大きく揺れた。

「ううっ……んうっ、も、もうっ……」

春香は体を支えている手で、シーツを強く握り締めた。体中にぎゅうっと力が入り、なかにいる祐樹の存在を強烈に意識させられる。

「イキそう？」

そう聞かれ、頭をガクガクさせているのか頷いているのかわからない感じで答えた。

「いいよ、俺ももう……」

あそこを貫いてくる動きが早まる。

祐樹も達しそうなのだとわかり、ブワッと悦《よろこ》びが体中に広がった。

「ああっ……あ、んああっ――！」

全身を硬直させて、春香は絶頂に達した。ガクッガクッと体に痙攣《けいれん》が走る。手で自分の体重を支えていられなくなり、シーツに突っ伏す。お尻だけ突き出した淫らな姿勢で、多幸感にどっぷりと浸かる。

そんな春香の腰に指を食い込ませて、祐樹も身を震わせている。彼が自分のなかでイッていると思うと、たまらない気持ちになった。

「あ……ああ……祐樹さん……」

振り返ってみたが、涙の膜が張った目では彼の顔がよく見えない。

まだ硬いものをズルーッと抜かれ、ビクンッと大げさに体を震わせてしまった。

コンドームの処理をした祐樹が、横になって春香を抱き寄せてくれる。熱を分け合ったあとのこの穏やかな時間が、春香は好きだった。

「……前からするのと、どっちがよかった？」

そんな恥ずかしいこと、聞かないでほしい。

春香は祐樹の胸に顔を埋めて、イヤイヤと首を振った。

「教えて……どっちも好き？」

祐樹が春香の乱れた髪を梳《す》いてくる。

春香は、小さく小さく頷いた。

「そう、よかった」

よくできました、というように頭を撫でられていると、ライブの疲れもあってか、急速に眠くなってきた。汗まみれになった体をシャワーで流したいのに、まぶたが重くてしかたない。

「寝ちゃっていいよ。明日の朝、風呂に入ろう。一緒に」

「え……」

なにかとんでもないことを言われた気がしたが、押し寄せてくる眠気に抗《あらが》えず、春香は意識を手放した。

3

翌朝。

春香は目覚めるなり風呂に押し込まれ、体の隅から隅まで祐樹に洗われてしまった。その上ドライヤーまでかけられ、もうどういう顔で祐樹と接すればいいのかわからなくなる。

「よし、可愛い」

すっかり乾いた春香の頭に手を置き、祐樹が満足げに頷く。

「す、すみません……こんなことまでしていただいて……」

「俺がしたかっただけだよ」

正直かなり楽しいと、歌うように言われた。

「朝食を食べたら、買い物に行こう。そこで服を買って、車を取りにいったんうちに帰ってから、実家に行くよ」

「はい」

説明された流れは、昨日聞いた通りだ。いよいよ祐樹の両親に会うと思うと、緊張してしまう。

朝食は、昨晩同様ルームサービスを頼んだ。熱々のパンも、ふわふわのオムレツも、とても美味しかった。

十時になり、チェックアウトを済ませて、ホテルを出た。

「ここでいいかな」

祐樹はホテルからほど近いところにある、たったいま開店したばかりのファッションストアを指さした。

「ここは……」

二十代から三十代の女性が憧れるような、少々お高めのブランドだ。ファストファッションばかり買いがちな春香はもちろん、買ったことがない。ショーウインドーに飾られているマネキンは、まだ八月だというのに、秋の装いだった。

「入ろう」

服の価格帯で躊躇していた春香の手を引き、祐樹が店に入る。

店の服でお洒落をした店員が、笑顔で頭を下げてくる。

「いらっしゃいませ」

「夏物の服は、まだありますか？　いま着ていきたいんですけど」

「こちらにございます。もうサイズの揃っていないものもありますが」

「とりあえず見せてもらいます」

ご両親に会うのなら、少しきちんとした感じに見えるものがいいかと思い、襟のついた半袖のワンピースが並んでいる辺りを眺める。

ウエストを軽く絞ったスモーキーなピンク色のものが素敵に見えて、タグを見る。

サイズはちょうどよさそうだ。しかし、普段の春香なら、まず買わない金額だ。もう秋物を売る時期なのだから、少しは割引してくれたらいいのに。

「これなんて似合いそうだ」

淡いイエローの、胸元にアクセントのあるデザインのワンピースを、祐樹が持ってきた。そちらもなかなか素敵だ。

「両方着てみたら？」

「そうします」

春香はワンピースを二着持って、試着室に入った。

まずは祐樹の選んだ淡いイエローの方を着てみる。

顔色がパッと明るくなったみたいだ。たっぷりと布を使った女性らしいデザインも素敵で、着てみた方が見ていたときよりずっとよかった。

続けてスモーキーなピンク色の方も着てみる。

きちんと感があるのはどちらかといえばこちらだろう。

迷ってしまっている春香を見て、祐樹はあっさり店員に言った。

「両方ください」

「ありがとうございます」

「えっ!?」

「どっちも気に入ってくれたみたいだから」

「それはそうですけど、二着も買っていただくわけには――」

「俺が買いたいだけだから、気にしないで」

さっさとお会計を済まされてしまい、レジ前でお金を押し付け合うのも嫌で、そのまま店を出た。

「あの、すみません、こんな高い服……」

「昨日帰れなかったのは俺のせいだし、一着買ったのは俺が両方春香に着せたかったからだよ」

「でも――」

「よく似合ってるよ。喜んでくれた方が嬉しいな」

「……ありがとうございます」

微笑んでお礼を言うと、そうそうという感じで祐樹が頷いた。

4

横浜《よこはま》市の閑静な高級住宅街に、祐樹の実家はあった。

五台分はある駐車スペースに祐樹が車を停めている間、春香は変な汗が止まらなくなっていた。

大きいのだ。家が。近隣の家の、倍以上。

屋根付きの駐車スペースを含めたら、いったい何坪あるのだろう。

「よし、行こう」

祐樹が車のエンジンを止めて、キーを抜いた。

「は、はい……」

彼のあとについて、玄関に回る。

インターホンを鳴らすと、自動で鍵が開いた。

扉の向こうには、小型犬を抱いて満面の笑みを浮かべた五十代くらいの女性が立っていた。

「春香ちゃん、いらっしゃい！　待ってたわ、祐樹の母です」

「あっ、あの……初めましてっ、綾瀬川春香です」

春香は慌てて頭を下げた。

「さ、早く入って。お父さんも、朝からまだかまだかってソワソワしちゃって、大変だったんだから」

祐樹の母親について、廊下を行く。突き当たりのドアの向こうには、引くほど広いリビングがあった。

ダークブラウンで揃えられた立派な応接セットに、六十代くらいの恰幅《かっぷく》のいい男性が座っていた。彼の膝の上には、ハチワレの猫が丸くなっている。

「親父、連れてきたよ」

「は、初めまして、綾瀬川春香です」

春香はまた頭を下げた。

「おお、おお、いらっしゃい。可愛らしいお嬢さんじゃないか……すまないが、いまちょっと、立てないんだ」

猫の背を撫でながら、祐樹の父親が目尻を下げる。

「どうぞそちらに座ってください。母さん、ケーキあったろ、ケーキ」

「わかってますよ、ちょっと待ってくださいな」

「座ろ」

祐樹に促され、ソファに腰を下ろした。

部屋のなかをそっと見回す。壁やサイドボードの上には、たくさんの写真が飾られていた。風景が多いが、人物のものもある。男の子の写真は、祐樹だろうか。近寄って見たくて、うずうずしてしまう。

「写真がお好きなんですね」

「そうなんだ。春香ちゃんも、写真をやるんだって？」

「少しだけです……とても、人様に見せられるようなものでは」

「春香は、望遠レンズを使うのが上手いよ」

そんな話をしていると、祐樹の母親がフルーツタルトと紅茶の載ったトレーを持ってやってきた。

「はい、どうぞ」

「ありがとうございます」

「真由佳《まゆか》も今日来たがってたんだけど、陸《りく》が熱出しちゃったらしくて」

祐樹の方を見ると、「姉」と教えてくれた。

「一歳の子供がいるんだ。姉ちゃんが来るとうるさいから、来なくていい」

結婚して家を出ているお姉さんがいるとは、初めて聞いた。

付き合いだして二か月。まだまだ祐樹について知らないことがたくさんあるんだなと思いながら、紅茶をひと口いただく。

とてもいい香りの、美味しいお茶だった。

「そうそう、写真を撮らせてくれるかい？　真由佳に送って見せてやりたい」

「あ、はい」

祐樹の父親が、テーブルに置いてあったデジタル一眼レフを構える。

「……うーん……硬いなあ……」

「す、すみません」

自分でも、証明写真の写真を撮るときみたいになっている自覚がある。でも初めて会う祐樹の両親の前で、リラックスした表情なんてできない。

「お父さんたら、いきなりカメラを向けられて自然な笑顔を作るなんて、モデルさんでもないと無理よ」

「むむ、すまない。ではあとにしよう」

「ね、春香ちゃん、祐樹の子供の頃の写真なんて興味ない？　お父さんの趣味がこれなものだから、たっくさんあるのよ」

「わあ、ぜひ見たいです！」

本当に見たかった。

春香は当然だが大学生になってからの祐樹しか見たことがない。

いまこんなにかっこいいのだから、小さい頃はきっと、天使のように可愛かったのではないだろうか。

「じゃ、持ってくるわね」

いそいそと、祐樹の母親がアルバムを持ってきた。昔ながらの貼り付けるタイプで、十冊以上ある。

「これが、まず小学校入学前までの分」

「えっ」

「まずって。なにも全部持ってこなくても……」

祐樹はうんざりした顔をしている。

「めちゃくちゃ親馬鹿みたいじゃないか」

わくわくしながら、一冊目のアルバムの扉を開く。

真っ白い服を着て、まぶたを閉じた、生まれて間もない赤ん坊のアップが目に飛び込んできた。

「可愛いっ……！」

春香は夢中になってアルバムのページをめくった。

最初から可愛いが、表情がハッキリしてくると、さらに可愛かった。泣いているところも、後ろ姿も、みんな可愛い。

そして写真が上手い。

子供だから、特に歩きはじめてからはなかなかじっとしていないだろうに、見事に可愛らしい瞬間を捉えている。

広角レンズで上から見下ろしてみたり、標準レンズで周囲の状況を適度に入れてみたり、マクロレンズで横顔の目と鼻の辺りをクローズアップしてみたりしていて、見ていて飽きなかった。

どんどん見ていって、幼稚園に通いだした辺りまできたときだった。

「……この子って」

祐樹が、女の子と手を繋いで並んでいる。ぱっちりとした目の、美しいその子の顔に、春香は見覚えがあった。

「若菜だよ」

やっぱり。写真サークルの元副部長、二宮若菜だった。

「こんなに小さい頃から、お知り合いだったんですね」

「僕の友人の娘さんでね」

祐樹の父親が言い、祐樹が頷く。

「だから、幼馴染《おさななじみ》ってほどじゃないけど、たまに会う機会があってね」

「そうなんですね」

べつに昔からの知り合いだということを秘密にされていたわけではないが、胸のなかがもやもやした。

自分と二股をかけたりするひとではないのは、よくわかっている。でも、若菜と付き合っていた時期があるのか春香は尋ねたことがなかったし、祐樹の方から話してきたこともない。

何食わぬ顔で、アルバムをめくっていく。

バーベキューをしていたり、テーマパークに行っていたり、若菜の姿はちらほら見受けられた。小さい頃から整った顔をしていて、よく目立つ。相当仲がよかったようで、頭をくっつけ合って眠っているような写真まであった。

こんなの、勝てるはずがない。

唐突にそう思った。

たとえ付き合っていなかったのだとしても、ふたりで積み重ねてきた時間の長さが違い過ぎる。

表情には出さなかったが、春香の気分は沈んだ。

服を買ってくれたことも、両親に紹介しようと思ってくれたことも、嬉しかったはずなのに。チラリと隣にいる祐樹に視線をやる。父親と、なにやら仕事の話をしはじめている。もちろん内容は、春香にはまるでわからない。

「――春香ちゃん」

斜め向かいに座っている祐樹の母親に話しかけられ、ハッと我に返る。

「あ、はい」

「この子、アメリカから戻ってきてから一人暮らししているんだけど、全然家に入れてくれないのよね。汚くして、春香ちゃんに迷惑かけたりしてない？」

「え……」

そう言われて、気がついた。

最寄り駅の名前や、分譲マンションであることは知っているし、今朝は車を取りにマンションの駐車場まで行った。

でも、祐樹の家に入ったことは、一度もない。

春香の家には、もう何度も来ているのに。

「あ……だ、大丈夫です、全然、そんなことは」

「そう？　ならいいんだけど」

そのあとは、祐樹の子供時代の思い出話やカメラの話に花が咲いた。

春香が片親であることや、正規の職員ではないことに触れられることは特になかった。祐樹には付き合いだしてからサラッと話しておいたから、事前に説明してくれていたかもしれない。

祐樹の両親は、ふたりとも気さくで優しかった。温かく迎えてくれたのは嬉しかったが、春香の母親は、弟とふたりで古いアパートに住んでいる。

自分は祐樹を同じように招くことはできないと思うと、少し悲しかった。

第七章

1

十月になり、祐樹と恋人同士になって四か月が過ぎた。

週に一、二回は直接会い、会わない日でも寝る前にはほぼ毎日電話がかかってくる。ほんの一言二言でも声が聞けるのは嬉しい。

交際は順調と言っていいだろう。

祐樹の実家に招かれたあと、俺も春香の実家に行きたいなどと言われたらどうしようと少し心配だったのだが、言われることはなく、ホッとした。

春香は女手一つで育ててくれた母を恥じてはいない。

ただ、物腰が柔らかく気さくな祐樹の母と比べてしまうと、愚痴っぽくて何事も大雑把《おおざっぱ》な母を積極的に祐樹に会わせたいとは思えなかった。

雑然とした手狭なアパートにも、招き入れたくない。

招き入れると言えば、いまだに春香は一度も祐樹の家に入ったことがなかった。

祐樹はいつもきちんとした格好をしているし、祐樹の母親が懸念したように、春香に見せられないほど、部屋のなかが汚れているとは思えない。

春香の家には、たまに来る。

自分のテリトリーにはひとを入れたくないタイプなのかもしれない。それがまったく寂しくないと言えば、嘘になる。

「――経営統合?」

そうなんです、と春香は頷いた。

金曜の夜だった。祐樹とふたりで、ビストロに来ている。

「来年の早い時期に、外資系の生保と経営統合する話が出ていて」

一九九六年に新保険業法が施行され、生保と損保の相互参入が可能となった。それ以来業界は競争が激化し、現在まで大規模な業界再編が続いている。

「まだどうなるかわからないんですけど、そうなったらコールセンター業務も統合されることになりそうで」

春香は派遣社員だ。東都海上火災に直接雇われているアルバイトの琴子や武史とは違う。経営統合によりオペレーターの人数を削減することになれば、真っ先に契約を切られるだろう。

二年近くも勤めて、なにも残らない。

もとよりやりがいを求めてはじめた仕事ではなかったが、あまりに簡単に代わりがきくと空しくなる。

電話を取って話すなんて、誰だってできる。

そんなことを、つい愚痴っぽくこぼしてしまった。

「オペレーターは、立派な仕事だよ」

祐樹がたしなめるように言った。

「春香は自分が電話に出たとき、相手にどんなふうに聞こえているか知ってる?」

「いえ……」

「俺は何度も電話で話してるし、仕事中の声も聞いたことがあるからよくわかってる。春香の声や話し方は、聞いているひとを安心させるよ」

「……そうでしょうか」

「高すぎず低すぎず、落ち着いていて、ハッキリしているだろ。損保会社に電話するひとって、俺みたいなゴルフ保険のひとじゃない限り、急に事故って気が動転しているひとだろう。車が壊れて、怪我《けが》もしているかもしれなくて……そんなときに『あんしん110番』に電話して、春香みたいなひとが出たら、きっとすごくホッとすると思う」

春香は少し泣きそうになった。

「あ……ありがとう、ございます」

こんなふうに言ってもらえたのは、初めてだった。

自分なりに真面目に働いてきた年月が、報われた気がした。

「オペレーターを続けられるかどうかはわかりませんが、嬉しいです」

「春香はできれば続けたいの？」

「……わかりません」

時給が高めだから、という理由で選んだ仕事だ。電話越しに怒鳴られてもあまりへこまないタイプの自分には、それなりに向いているんだとも思う。

ただ、この先十年も二十年も続けたいかというと、そうでもない。かといって、他にやりたいこともない。

考え込んでしまった春香を、祐樹がじっと見ている。

「……だったら、働かない、とか」

「働かないと、食べていけません」

春香はスパっと言った。

仕事と仕事の間を空けてしばらくのんびりする、なんて余裕もない。仕送りと奨学金の返済で、貯金はほんの少ししかできていないのだ。

「通じなかったか」

「え？」

「なんでもない。いますぐ人員削減されるわけじゃないんだろう？　自分がなにをしたいか、少し考えてみるといいよ」

「そう、ですよね」

なるべく時給のいいところがいいとは思うが、オペレーターに限定して探す必要もない。他にいったいなにができるかわからないが、派遣会社の面談を受けて相談してみようと春香は思った。


食事のあとは、祐樹が車で家の前まで送ってくれた。

「お茶でも飲んでいきます？」

「いや、帰るよ。明日も仕事だろう？　日曜に会えるの楽しみにしてる」

日曜には、紅葉の綺麗なところへドライブしようと約束していた。

おやすみなさい、と車を降り、アパートの部屋に入る。

まるでそれを待っていたかのようなタイミングで、スマートフォンが震えた。

液晶画面を見ると、母からの電話だった。

祐樹と会ってちょっとフワフワしていた気持ちが、一気に下がる。面倒だと正直思ってしまうが、出ないとしつこくかかってくるだけだ。

靴を脱ぎながら、電話に出る。

「……はーい」

『あんた、なにしてたの。ずっとかけてたのに、全然出ないんだもの』

スマートフォンを手早く操作する。母からの着信が、五回もあった。鞄《かばん》に入れっぱなしだったから、全然気づかなかった。

「友達とご飯食べてた」

『あら、いいわねえ。外食なんて、もうずっとしてないわ』

「……それで？　なにかあった？」

愚痴がはじまりそうな気配を察して、早々に本題に入る。

『亮太が、塾に行きたいって言うのよ』

「え？」

ソファに座ろうとしていた腰が止まった。

弟の亮太はいま、中学二年生だ。成績は、良くも悪くもない。バスケ部の活動に夢中で、それほど勉強熱心ではないはずなのだが。

「なんでまた、急に」

『来年には受験生になるでしょう。少しでもいい高校行きたいんだって。そう言われたら行かせてやりたいとは思うけど、一万円以上するものそうそう行かせられないし、諦めさせようと思ってるんだけどさ』

「まあ……そうだよね……」

春香はソファに座った。

弟はたぶん、友達が通っているからとか、友達と同じ高校に行きたいからとか、その程度の理由で塾に行きたがっているのだと思う。

春香は一度も塾に通ったことがない。

大学だって、奨学金とアルバイトで行った。

塾に行きたいとねだって断られたわけではなく、家にお金がないのをわかっていたので空気を読んでねだらなかっただけだが。

『ただでさえあの子、最近ますますよく食べるようになって大変なのにさ。お米十キロ買っても半月でなくなるんだから』

「そうなんだぁ」

要は、お金が足りないという愚痴だ。

春香はいま、月に五万円実家に仕送りしている。奨学金だって、月に三万円返している。

祐樹とのデートは、車で景色のいいところに連れて行ってもらうことが多く、お金がかかることはあまりない。食事代は奢ってもらうことが多いが、春香もたまには出す。

そのくらいのバランスだから付き合いを続けていられるのだ。

テンダーボーイのライブに行った翌日みたいに、しょっちゅうポンポン服など買われてしまっては、引け目を感じて上手く付き合えなくなってしまう。

母にはまだ、恋人がいるという話をしていない。

この先どうなるのかわからないのに根掘り葉掘り聞かれるのは煩わしいし、お金持ちだと知って、母がどういう反応を示すか、怖いと思う気持ちもあった。

『――ちょっと、聞いてるの？』

「聞いてる、聞いてる」

聞いていなかった。

週休二日で働いているいまのままでは、仕送りを増やすのは無理だ。

その前に、いまの仕事がいつまで続けられるのかわからないが。

コールセンターの求人自体は、派遣社員でよければいくらでもある。人の出入りの多い仕事だからだ。

二か所で働いて、週休一日にすれば、塾代くらいは出してやれるだろうか。

そんなことを考えながら、祐樹の実家と自分の実家のあまりの差に気が重くなった。

いまはまだ、交際しているだけだからいい。しかしその先を考えると、どうしたって家柄の違いが気になってしまう。

祐樹の実家で見た、祐樹と若菜の手を繋いだ写真が脳裏に浮かんだ。

父親同士が友達だということは、きっと若菜の実家も立派な家なのだろう。それに、彼女自体が美しく聡明《そうめい》な女性で、祐樹とお似合いだと思う。

「……仕送り、一万円増やすよ」

『いいの？』

「うん。それで塾に行かせてやって」

『そう……悪いわねえ』

母は申し訳なさそうにはしているが、断らなかった。

やはり家族に祐樹を紹介するのは無理だと、改めて強く思った。

2

翌週の火曜日。

春香は大事な話があるからと琴子に誘われ、久しぶりに外へランチに出た。ビジネス街に昔からある、ハンバーグが有名な洋食屋だ。

「お金持ちの彼氏とは、どう？　うまくいってるの？」

日替わりランチをふたつ頼んで、琴子が言った。

「お金持ちのって」

「だってそうじゃない」

否定はできない。

「……日曜には、日光までドライブしてきた。まだちょっと早かったけど、紅葉がすごく綺麗だったよ」

「もしかして、日塩《にちえん》もみじライン？」

「そうそう」

「あそこはいいところだよね。何年か前に武史と行ったな。レンタカーでだけど」

琴子が笑う。

その顔が、やけに寂しそうに見えた。

「なにかあった？」

「んー……」

琴子は小さめなコップの水を半分くらい一気に飲んだ。

それから明るい声で言った。

「私ね、今年いっぱいで、バイトも劇団も辞めることにしたんだ」

「えっ⁉」

春香は目を丸くした。経営統合でどうなるかわからないバイトだけならともかく、あんなに一生懸命活動していた劇団まで辞めてしまうなんてと、心底びっくりした。

「どうしてっ……あ、もしかして、結婚するとか……？」

しかし琴子は、首を横に振った。

「ううん、その逆——武史とも、別れることにした」

「琴子……」

あんなに仲がよかったのに。

いつも近くで見ていた春香は、信じられない思いだった。

バイトも、劇団も、恋人も一気に捨ててしまうなんて、まるでリセット癖のある母や自分みたいだ。

「私さ、来月で三十になるじゃない」

「うん」

「だから」

琴子がニコッと笑う。

「だからって」

「もうさ、バイトだ芝居だって、フラフラしてられないってこと。会社もなんだかごたごたしてるし。今年中に正社員の口をなんとか見つけようと思ってる。職歴がバイトしかないから、簡単ではないだろうけど」

そこまで話したところで、日替わりランチがふたりの前に置かれた。ミニハンバーグとエビフライが美味しそうだが、春香はそれどころではない。一方琴子は、どこかさっぱりした様子でハンバーグを口に運んでいる。

「うん、美味しい」

「琴子はそれでいいの？」

「さんざん考えたよ」

それはそうだ。人生の大事な選択なのだから。

「……武史くんは、なんて？」

琴子はエビフライをザクッと齧《かじ》った。

「私さ、プロポーズしたの、武史に」

「プロポーズっ!?」

「一緒に転職活動して、ちゃんとした職について、普通に生きようって。でもダメだった。どうしても芝居は辞められないって」

「でも、琴子が抜けたら、劇団続けていけないんじゃ……？」

たしか、今年中にもうひとり抜けるという話を以前していた。

十人もいない劇団で一気にふたりもいなくなったら、劇団として成り立たなくなってしまうんじゃないだろうか。

「それはもう、私の知ったことではないからね。他の劇団と統合したり、いくらでもやりようはあるし」

もう迷う段階は越えたらしく、十年も付き合った武史と別れようとしているのに、琴子は淡々としている。

「……私の十年って、なんだったんだろうなあ。履歴書書きながら、書くことの少なさにびっくりしちゃった。職歴はバイトだけだし、資格なんてなにもないし」

「後悔してるの？」

「ううん、それはない。やりたいことやり切ったって思えるし。武史はまだそうは思えないって言うなら、離れるしかないよね。お互いつらくなるだけだもん」

「……そっか」

琴子がしてきたのは、相談ではなく、報告だ。

春香が言えることはなにもなかった。

春香は琴子たちの芝居が好きだった。だから見られなくなるのは寂しいけれど、さすがにそれを言うべきではないことはわかった。

「春香は、仕事どうするの？　経営統合したら、契約切られるかもしれないじゃない？　また派遣で、べつのコールセンターに行くの？」

「……まだ迷ってる」

本当はこのタイミングで、春香も正社員の口を探した方がいいのかもしれない。

オペレーターの仕事は時給が高めなので、一時的に給料は減るかもしれないが、将来を考えると正社員になっておいた方がいい。

でも正社員になると副業はできないだろうし、先週母に言ってしまったが仕送りを増やすのは厳しくなるだろう。

「それこそ結婚して、お金持ちの彼氏に養ってもらっちゃえばいいのに」

「あはは……」

春香は笑ってごまかした。

祐樹といると楽しい。ずっと一緒にいたいと思う。

でも結婚となると、ふたりだけの話ではなくなる。育ちが違い過ぎて、どうしても自分なんて祐樹の妻としてふさわしくないと思ってしまう。

春香は自分の置かれている境遇を、最低限しか祐樹に話していない。母子家庭であること、中学生の弟がいること、派遣社員であること。

きっとここまで経済的に困っているとは思っていないだろう。

「転職して落ち着いたら、私も婚活するよ」

そう言って、琴子はいたずらっぽく笑った。

「婚活かあ……」

祐樹と結婚なんて、まったく考えられない。でも、祐樹以外の男のひとと結婚なんて、もっと考えられない。

祐樹が自分に飽きるまで恋人でいられたら、それで十分幸せだと思っていた。

でも清々した顔をしている琴子を見ていたら、急に先のない付き合いをしていることが辛くなってきた。

だからといって、離れることも考えられない。

「私も、婚活しよっかな」

できもしないのにそんなことを言ってしまい、琴子に鼻で笑われた。

第八章

1

高見祐樹は仕事が終わったあと、車のなかで悩んでいた。

ここ一か月ほど、恋人である春香の様子がどことなくおかしい。

付き合って五か月と、楽しい盛りのはずなのに、遠くを見てなにか考え込んでいるようなことが時折ある。

会社が経営統合するということで、契約を切られるかもしれないと言っていたから、仕事のことで悩んでいるのだろうか。

それとも、まだ中学生の弟さんがいるという家庭のことか。

どちらにしろ、相談してもらえないのが寂しかったし、心配だった。

春香はしっかり者なのだが、フッと消えてしまいそうな儚《はかな》さを感じさせるところがある。

実際、一度消えてしまったことがあるので、祐樹は気が気でない。

恋人なんだから、なんでも話してほしいと思うのは、わがままなのだろうか。

そうなのだろうなと、祐樹は思う。

祐樹だって、春香になんでも話せているわけではない。

付き合って五か月も経つのに、春香の家に行くばかりでこちらに招くことができていないのを、少し後ろめたく思ってもいる。

スマートフォンをじっと見つめ、日課の電話をかける前に、今日はなにをどう話すか考える。

話題は決まっている。今週末に予定されている、写真サークルの秋の撮影会についてだ。

昨日話したときには、春香はあまり乗り気ではなく、返事を保留してきた。

前回の飲み会には、理由をつけて来なかった。

このまま写真サークル絡みの行事から足が遠のくと、ますます顔を出しづらくなってしまうだろう。

ここは多少強引にでも、参加させたい。

よし、と祐樹は春香に電話をかけた。いつもだいたい同じ時間にかけているので、春香はすぐに出た。

『――お疲れ様です』

春香のテンションは今日も低い。それに引きずられそうになりながら、祐樹は明るい声を出した。

「お疲れ、あの、週末の撮影会なんだけどさ」

『あ……私は――』

「朝七時くらいに、車で迎えに行くから。ちょっと早いけど、頑張って起きて」

春香の言葉を遮り、もう行くという前提で、話をした。

少し強引だったろうか。

『いつもそのくらいには起きてます』

電話の向こうで、少し笑った気配がした。

気は乗らないが、絶対に行かないというほど強い気持ちではないようだ。では、ぜひ参加してもらおう。

「楽しみだな。きっと紅葉が綺麗だよ」

『……はい。あの……』

「うん?」

『――二宮先輩って、今回はいらっしゃるんでしょうか』

「若菜? さあ……どうだろう、忙しいやつだからなあ。ちょっとわからない」

『そう、ですか』

本当は、今回は来るかもと、チラッと聞いていた。でも確実な話ではないし、来ると言ったら春香がやっぱりやめるとか言い出しそうな予感がして、ついごまかしてしまった。

しかしなんだって、若菜のことを気にするんだろう。

祐樹にはよくわからなかった。

2

千葉《ちば》県松戸《まつど》市にある、あじさい寺と呼ばれている寺に来ている。

六月にはあじさいと菖蒲《しょうぶ》を見に多くのひとが訪れるが、十一月には約千本の紅葉が見事に色づく。

前回は五月にひたちなかのネモフィラを撮りに行ったという写真サークルの撮影会だった。

仁王門《におうもん》をくぐり、本堂に参拝したあとで、広い寺域を散策する。

寺はどこも美しかった。祐樹との付き合いに思うところがあり、正直あまり気は乗らなかったのだが、来てよかった。

建屋も庭園も見ごたえがあり、どこを撮っても絵になり過ぎて、逆に迷ってしまう。

「春香、そこにしゃがんでみて」

「あ、はい」

カメラはいったん祐樹に預け、弁天池のほとりにベージュのスカートごと膝を抱えてしゃがみ込む。

「お、いい感じ」

シャッターが何度か切られる。

「弁天堂の方を見てくれるかな」

「はい」

弁天池の中央にある小島に目をやる。そこにある厨子《ずし》のなかには、弁財天が祀《まつ》られているのだという。

また何度もシャッターが切られた。

きっと今回も、ピントは春香に合わせていないんだろうなと思う。すべてではないが、祐樹はそういう写真をよく撮る。

若菜の写真を撮るときは、彼女の強い視線を真正面から受け止めるようなものばかりだったのにと思うと、少々複雑な気分だった。

その若菜はというと、何人かの部員に囲まれ、紅葉を見上げてポーズを取っている。

春香が若菜に会うのは、五年ぶりだ。相変わらず美しく、スタイル抜群で、みんながモデルにしたがるのもわかる。

「――春香？」

名前を呼ばれ、ハッと我に返った。

「もういいよ、ありがとう」

立ち上がると、祐樹がカメラを渡してきた。

「祐樹ーっ！」

離れたところから、先輩たちが手を振っている。

「どうぞ、行ってください。私は私で撮っているので」

「そう？　じゃ、ちょっと行ってくる」

祐樹を見送って、春香は瑞鳳門《ずいほうもん》の前に立った。歴史を感じさせる、立派な門だ。紅葉の燃えるような赤がよく映える。

春香はカメラを構え、門を斜めに切り取るような形で、何枚か写真を撮った。それからいい被写体はないか、ゆっくり歩きながら探していると、いいものがあった。

紅葉の木の根元近くから、細くて短い枝がちょろっと出ていて、小さめの葉が二枚だけついている。

可愛い。

春香は中腰になり、夢中になってシャッターを切った。接写に向いているマクロレンズを祐樹から借りておけばよかったと、少し残念だった。

「――春香」

背後から声をかけられ振り返ると、同級の野田秋穂が笑って立っていた。

「秋穂。いいの撮れた？」

「まあまあかな。春香はほんと、そういうの好きだよね」

「そういうの？」

「大学生の頃、みんなで桜撮りに行ったときも、満開の桜じゃなくて、根元からちょろっと出てた花を夢中で撮ってたじゃない」

「そ、そうだっけ」

そう言われると、そんなことをしていた気もする。

「その春香を高見先輩が後ろから激写してて、その高見先輩を私が激写してたの」

「ええ……」

全然知らなかった。

「きっとあの頃から、高見先輩って春香のこと好きだったんだろうね」

秋穂がクスクス笑う。

「そんなこと……」

恋人になって半年近く経つのに、春香はいまだに自分に自信が持てない。

珍しい再会の仕方をしたのがおもしろくて、気まぐれで付き合ってくれているのではないかと思ってしまう。

「なあに？　上手くいってるんでしょ？」

「うん、まあ、そうなんだけど」

祐樹とは一度もケンカをしたことがない。それを「うまくいっている」というのなら、そうなのだろう。

でも春香には、しょっちゅう言い争いをしていた琴子と武史の方がずっと仲がよく見えていた。彼らは別れてしまったけれど。

「あらら、浮かない顔。なにか先輩に不満でもあるの？」

「ないよ、あるわけない。不満なんて言ったら罰が当たっちゃう」

祐樹はいつだって優しく、機嫌がいい。仕事で疲れているときだってあるだろうに、顔にも声にも出したことがない。仕事の話は基本しない。そして春香のたいしておもしろくもないだろう身の周りの話を、いつも熱心に聞いてくれる。

会えるのは週に一、二回だが、体を重ねる際、春香の快楽より自分の欲望を優先させたことは一度もない。

デートにかかるお金は払ってくれることが多いが、春香が気にし過ぎないで済むよう、屋外で写真を撮ったり、春香の家に来たりといった内容が大半だ。

だから、小さなことなのだ。

祐樹の家に、一度も呼んでもらったことがない、なんてことは。

「言いたいことがあるなら、言えばいいじゃない。恋人なんだから」

秋穂にパシャリと写真を撮られた。

「ちょっと門に右手でそっと触れて」

「こう?」

「そんな感じ」

即席のモデルを務めながら、いま言われたことを考える。

言いたいことを言えないと、恋人とはいえないんだろうか。

自分は祐樹に遠慮し過ぎているのだろうか。

祐樹は——春香に言いたいことを、全部言えているんだろうか。

秋穂に言われるがまま、何度かポーズを変えた。

少しして、ついさっきまで部員たちに囲まれていた若菜が、カメラを手にこちらの方に歩いてくるのが見えた。

まさか自分のところに来るのでは、と内心焦っていると、本当に来た。

「お、お久しぶりです」

「お久しぶり。私も撮らせてもらっていい？」

「は、はいっ」

断れるはずがない。

若菜がカメラを構える。その姿が様になりすぎて、若菜の方がモデルのようだ。春香は若菜のミニスカートから伸びている脚の長さに慄《おのの》いた。相変わらず目力が強く、忙しいだろうに肌はつやつやで、憧れてしまう。

若菜が何度かシャッターを切る。春香は自分でも少し顔が強張っているのがわかったが、どうしようもなかった。

「――高見のおじさまとおばさまは、お元気だった？」

「え？」

「会ったんでしょう？」

「あ、はい、夏に……お元気でした」

「そう。しばらく会ってないなあ」

若菜がどういう気持ちで春香と話しに来たのか、春香にはわからなかった。

祐樹と付き合っていることは、当然耳に入っていることだろう。

もし若菜が祐樹の元カノだったら、と何度も想像したことをまた考えてしまう。祐樹の心にわずかでも若菜と自分を比べる気持ちがあったら。絶対にかなうはずがない。

「……二宮先輩の、小さい頃の写真を見せてもらいました。すごく可愛かったです」

「おじさまったら。すぐそういうことするんだから。恥ずかしいな」

若菜は苦笑いした。

「――祐樹と……付き合ってるんだってね」

大きな目でまっすぐに見つめられ、春香は一瞬言葉に詰まった。

「あ……は、はい」

「大丈夫なの？」

気のせいか、若菜は心配そうな顔をしている。

自分と祐樹の付き合いは、そんな、大丈夫か心配されてしまうようなものなのだろうか。

「え……？　はい……」

若菜の真意はよくわからなかったが、頷いた。

「……物好きだなぁ」

「え？」

とそのとき、どやどやと部員たちが門の向こうからやってきて、話はそこでうやむやになった。

3

撮影会の終了後は、都内に戻り、居酒屋を貸し切って二十数名で打ち上げをすることになった。

祐樹の車は、近くのコインパーキングに入れた。帰りは、運転代行に頼むつもりのようだ。

祐樹はみんなの人気者だから、春香は離れた席に座った。いつでも会えるのに、こんなときまで彼の隣をキープすることはない。

飲み会は大いに盛り上がった。春香も同期の仲間の輪に入り、けっこうな量を飲んだ。

そして、二時間ほど経ったときだった。

「――それでは、皆さんにご報告がありまーす」

パン、パン、と手を叩いて、今日の幹事である一期上の先輩が立ち上がった。

「なんだー？」

「全額お前の奢りだって？　サンキュー」

と、好き勝手な声が飛ぶ。

なんだろうと思っていたら、春香の隣に座っていた秋穂が立ち上がって先輩の隣に行った。

「俺たち……結婚しまーす！」

満面の笑みでピースサインをする先輩の隣で、秋穂も照れくさそうにピースしている。

誰も知らなかったらしく、「おおおっ!?」と大きな声が上がった。

「おめでとう！」

「えっ、いつのまにそんなことに!?」

「大丈夫？　野田、騙《だま》されてない？」

「とりあえずビール頼もう、ビール、乾杯しよう！」

ふたりを祝福する声で、店じゅう大騒ぎになった。

乾杯のあとは、ふたりともみんなから質問攻めにあった。

「いつから付き合ってたの？」

「半年前くらいかなあ」

自分たちとそう変わらないなあと春香は思った。

「ずばり、結婚の決め手は？」

マイク代わりのおしぼりが、秋穂の顔に寄せられる。

「えーと……なんでも話せるところがいいなって」

チクリと、胸が痛んだ。

春香は祐樹に、なんでも話せてはいない。祐樹の方は、どうかわからないが、一番のプライベートスペースには、いまだに入れてもらっていない。

結婚なんて、自分たちにはとても遠い言葉だと思う。

わいわいと賑やかに、ふたりへのインタビューが続く。

春香は寂しくなって、ふと祐樹の座っていた辺りを見た。

「……？」

祐樹の姿がない。

席を移動したのかとも思ったが、どこにも見当たらなかった。

探しに行こうと思ったわけでもないが、春香は立ち上がった。

けっこう飲んでしまった。手洗いで、少し頭を冷やしたかった。

店員に場所を聞いて、店の奥にある手洗いへ向かう。細い通路の角を曲がろうとして、立ち止まった。

角の向こうから、若菜の声がしたからだ。

「――新しいアルバム出すらしいよ、テンダーボーイ」

「まじか。買わなきゃ」

返事をしたのは、祐樹の声だ。しかも、テンダーボーイの話をしている。

またチクリと胸が痛む。

「懐かしいなあ。高校のときだっけ。一緒にライブ行ったよね」

「行った行った。俺、ライブ行ったのあれが初めてだったんだよな」

胸に空いた小さな穴に、風が通っていったみたいだった。

テンダーボーイのライブに行こうと約束して、五年後の今年になってやっとその約束を果たしたことは、春香にとってとても大事な思い出だった。

祐樹は隠したつもりなんてないのだろうが、祐樹とテンダーボーイの思い出を共有しているのが自分だけじゃないことが、ショックだった。

「復活ライブ、綾瀬川さんと行ったんだっけ？」

「うん。めちゃくちゃよかったよ」

「いいなあ、私も行きたかった」

若菜は幼馴染だからだろうか。自分といるときより、祐樹の声がリラックスしているように聞こえる。

気のせいだと思いたい。

「そういや、綾瀬川さん、あの家に入《い》れたの？」

「いや……まだ……」

祐樹が口ごもった。

春香は壁に張り付いたまま動けなくなった。

「まあ、あんなだから、呼びづらいのはわかるけど、半年も付き合ってて家に入れないっていうのも、どうなの」

「そう……かもしれないけど……」

春香はテンダーボーイの話を聞いたときよりもショックを受けた。

春香は一度も祐樹の一人暮らししている家に入ったことがない。祐樹の両親ですら、入ったことがないようだった。

――それなのに、若菜は入れたのか。

それ以上話を聞いていられなくなり、春香はフラフラと元の席まで戻った。鞄を持ち、両隣にだけそっと声をかけて、店から出る。

外は霧雨《きりさめ》が降っていた。

じっとりと着ているものが肌に張り付いてくる。駅までの道中、コンビニが二軒あったが、面倒で傘は買わなかった。

電車に乗っている間、何度かスマートフォンが震えたのを感じたけれど、確認する気がせず、放置した。

家に着いても、ホッとはしなかった。

鍵を開けてなかに入る。祐樹が何度も来た部屋だ。そこかしこに、彼の匂いが残っている気がした。

ずるい。

春香のテリトリーばかりが、祐樹に侵食され、べったりと痕跡を残されている。

食器棚には彼の分の茶碗《ちゃわん》やマグカップが揃っているし、クローゼットには着替えがひと揃え入っている。

背筋に悪寒が走り、くしゃみが出た。

このままでは風邪を引いてしまいそうだ。

湯に浸かろうと思い、風呂場に行って準備をした。

部屋に戻ると、鞄のなかで、またスマートフォンが震えている。画面を見ると、母からメッセージが来ていた。

見なくてもわかる。またお金のことだ。

SNSを開くと、母と祐樹からのメッセージが溜まっている。

もう、なにもかも煩わしい。

春香はスマートフォンを持って立ち上がり、のろのろと風呂場に向かった。そして溜まった湯にスマートフォンを投げ入れて、やっと少し、ホッとした。

第九章

1

週が明けて月曜日。

仕事は休みだ。平日の休みは、どこも空いているのがいい。春香は午前中から外に出て、携帯ショップへ行った。

自ら水没させてしまったスマートフォンを、買い替えるためだ。

前のスマートフォンに未練はないので、データは何も引き継がず、電話番号も新しくして、完全に新規で契約した。

それから向かったのは、ハローワークだ。

まだどうするかハッキリと決めたわけではないが、もし正社員で条件のいい仕事が見つかるようだったら、クビにされる前に転職してしまおうかと思ったのだ。探してみてダメそうだったら、また派遣社員として働けばいい。

一般事務を少しとコールセンターの経験しかなく、給料の高い仕事に就くのは難しいだろうと思ったが、それでもいくつかいまと変わらないくらいの給料で正社員になれる求人を見つけ、応募してみた。

大きな用事をふたつ済ませると、もう夕方になっていた。

春香はスーパーに寄って、久しぶりに実家に行った。

合鍵を使ってなかに入る。

狭いアパートは、思ったより片付いていた。シンクのなかにコップが残っていたのを、サッと洗ってしまう。

母は仕事だし、弟は部活だから、午後六時を過ぎないと帰ってこない。

炊飯器に米をセットして、シンクの下からカセットコンロを取り出し、ダイニングテーブルの上に置く。

今夜のメニューは、簡単に、鍋だ。エコバッグのなかから買ってきた鶏肉や野菜を出して、ザクザク切って土鍋に入れていく。

だいたい用意ができたところで壁の時計を見ると、午後六時半になろうとしていた。

ガチャリと、キッチンのすぐ横にある玄関のドアが開く音がした。

数か月ぶりに会う母が、驚いた顔で立っていた。

「おかえり」

「ただいま……珍しいね」

母も買い物をしてきたらしく、スーパーの袋を手に持っている。

「あら、鍋？　嬉しい」

「急に食べたくなっちゃってさ。ひとりで食べるのも寂しいし」

「そういえばあんたの電話、全然通じないんだけど。何回もメッセージ送ったのに」

言われてみれば、母からのメッセージをすべて未読のまま水没させてしまったのだった。

「電話、壊しちゃって新しくしたの」

「あら、そうなの」

「待って、いま教えるから」

鞄から取り出したスマートフォンは、ピカピカの新品だ。まだ誰からのメッセージも着信もない。

人生をリセットできた気がして、少しだけ心が軽くなる。

とはいえ、さすがに親に連絡先を伝えないわけにはいかない。

母とスマートフォンを突き合わせてあれこれやっていると、玄関ドアが再び開いた。

「うお、姉ちゃんだ。珍しい」

弟の亮太だ。

「おかえり。また背伸びた？」

「いま一七八センチ。あと二センチ欲しい」

顔立ちはまだ子供っぽいのに、背ばかり伸びてアンバランスだ。

「やったー、鍋じゃん」

「ちょっと、手洗っておいでって」

部活後で汗くさいから、本当はシャワーを浴びてきてもらいたいところだが、そこまでは言わないでおいてやる。

準備が整い、久しぶりに家族水入らずで食卓を囲む。

「うめえ」

亮太はよく食べた。

母が食費がかさむと愚痴を言ってきたのも無理はない。ご飯を炊いておかなければ、鍋をひとりで食い尽くされていたかもしれない。

「――で、どうしたの、急に」

お腹が一息ついたのか、母が尋ねてきた。

「なに。来ちゃダメ？」

「そうは言ってないでしょ」

「んー……」

祐樹と交際していることは、母には話していない。

「私、転職するかも」

「あら、そうなの？」

「なんか、いまの会社が、別の会社と経営統合するらしくて。オペレーターの人数削減されるだろうから、辞めさせられる前に辞めちゃおうかなって」

「いいんじゃない」

「軽いなあ」

「私も二、三年ごとに転職してるからね。介護業界はどこも人手不足だから、すぐ次が決まるし。オペレーターだってそうでしょう？」

「うん。まあ、オペレーターはそう」

鍋のなかが、だいぶ寂しくなってきた。そろそろご飯と卵を入れて雑炊にするのもいいかもしれない。

「ただ、若いうちに正社員になっておきたい気持ちもあって。そうなると、オペレーターはほとんど派遣社員かアルバイトでしょ。事務職に戻った方がいいかなって。お給料下がるから、仕送り減っちゃうかもだけど」

「あらら」

思ったほど、母は落胆した様子を見せなかった。

「減っちゃって大丈夫なの？」

「あんまり大丈夫じゃないけど、先々考えると正社員に戻った方がいいのはその通りでしょ。鶏モモ買ってたのをムネにするなりして、どうにかするわよ」

「……そっか」

自分は、家族の生活を支えなければと思い過ぎていたのかもしれないと、初めて思った。

「亮太、そういうわけだから、塾に行くのはもう無理だよ。自力で頑張りな」

「まじか」

亮太は不満そうに口を尖らせたが、しょうがないとは思ったらしく、文句は言わなかった。

その晩、春香は自分の家に帰らなかった。

「あんたが泊まっていくなんて珍しいね」

「たまにはいいじゃない」

２ＤＫのアパートは狭く、泊まっていくとなると母と布団を並べるしかない。就職する前、ここに住んでいたときは、それが日常だった。

おやすみを言い合って電灯を消したあとも、眠気はなかなか湧いてこなかった。

母も起きているようだった。

「――ねえ、お母さん」

「なに？」

「なんで、お父さんと離婚したの」

いままでちゃんと聞いたことが一度もなかった。なんとなく、聞いてはいけないことのように思っていたのだ。

父と母が離婚したのは、春香が小学校高学年のときだった。亮太はまだ赤ん坊だった。

会社員だった父は、もともと帰りがいつも遅かったが、だんだんと帰ってこなくなり、やがて完全にいなくなった。

亮太はともかく、春香はもう大きかったのに、父との思い出は驚くほど少ない。あまり子煩悩なひとではなかったのはたしかだ。だからか、父がいなくなったことに対して、悲しいとか寂しいとか思ったことはなかった。

「なんでだったかなあ。もう忘れちゃった」

「子供には言えない感じなんだ」

「違う、違う」

そうじゃない、と母は言う。

「ひとつひとつは、もう思い出せないくらい、ささいなことなのよ。でもそれが積み重なっていって、ある日突然、溢れるの」

それは、なんとなくわかる気がした。

前のスマートフォンを水没させた自分みたいだ。

「なに、あんた離婚したいの？」

「まだ結婚もしてないのに……」

「恋人？」

「……」

答えられず、黙ってしまう。

「うまくいかなかった私が言うのもなんだけど、話し合えるうちは、ちゃんと話をした方がいいわよ」

「……わかってる」

春香はぎゅっとまぶたを閉じた。

無理やりにでも眠ってしまおうと思った。

2

翌日。

会社に行くと、晴れ晴れとした顔で琴子が話しかけてきた。

「おはよう」

「おはよう、なにかいいことあった？」

「わかる？」

えへへと、照れと喜びが混ざったように笑う。

「就職先が、決まったんだ」

「もう？　すごい、おめでとう！」

来週には琴子の誕生日がある。その前には決めたいと言っていたが、本当に決めてしまうとはさすが琴子だ。

「営業なんだけど、未経験なのに正社員で採ってくれるところがあったんだ。舞台に出たり、ちょくちょく暴言吐かれたりするオペレーターとして働いたりできてたなら、度胸あるだろって思われたみたい」

春香は自分が認められたように嬉しかった。実際琴子には度胸がある。春香だったら絶対、何十人もひとがいる前で演技したりできない。

「いつから行くの？」

「今月いっぱいでここを辞めて、来月から」

「そっか。寂しくなるなあ……」

琴子と別れてすぐに武史も辞めてしまったから、これで同期は誰も残っていないことになる。

「実は私も、ここ辞めて正社員の仕事を探そうかと思ってるんだ」

「それがいいよ。春香ならまだ若いもん、きっといいところが見つかるよ」

スマートフォンを新しくして。仕事も新しくして。落ち着いたら、引っ越しもしてしまおうか。

そうすれば、新しい自分に生まれ変われる気がした。

「ね。今日、飲みに行っちゃおうか」

「いいね」

クスクスと笑い合いながら、仕事部屋へと向かう。

近いうちに辞めると思うと、その足取りは軽かった。

休憩を挟んで八時間働き、ふたりで飲みに行こうと会社の外に出る。

「琴子！」

「春香！」

「えっ……？」

スーツ姿の武史と祐樹が、真面目な顔で立っていた。

祐樹がいることにも、組み合わせの意外さにも驚いてしまう。琴子もびっくりしているから、武史が来ることは知らなかったようだ。

「どうぞ」

「あ、すみません」

譲り合ってから、まずは武史が前に出る。琴子の前に立ち、右手を出した。

「な、なに」

「けっ……結婚してくださいっ！」

武史が道路の反対側まで聞こえそうな声で言った。

「えっ」

「えっ」

春香まで驚きの声を上げてしまった。

「え……いや、でも、私もうモラトリアム人間みたいな生活するの、無理なんだけど……」

戸惑っている琴子に、武史は右手を差し出し続ける。

「就職したんだ」

「えっ？」

「そんなに大きい会社じゃないけど、営業として正社員で採ってもらえた。舞台に出たり、ちょくちょく暴言吐かれたりするオペレーターとして働いたりできてたなら、度胸あるだろって言われて」

武史の言葉を聞いて、琴子はフッと笑みを浮かべた。

「……私と同じこと言われてる」

「俺には演劇は捨てられないと思ってた。だけど、琴子がいなくなってからの劇団は、ひどくつまらなかった。俺……演劇が生きがいなんじゃなくて、琴子とやる演劇が好きだったんだってわかった。だから、琴子がいないなら、俺の人生、意味がないんだ」

琴子はどうするんだろう。

春香は横目で様子を窺った。

「私は……演劇やってる武史が好きだったよ。だから、複雑な思いも正直あるけど――」

琴子が、武史の手を取った。

「ありがとう。結婚しよう。私も、一緒にいたい」

「おめでとう、ふたりとも！」

春香は思わず拍手していた。

このふたりがどんなに仲がよかったか、春香はよく知っている。きっと劇団という大事なものを失っても、次の夢を見つけて、ともに生きていけるだろう。

武史と琴子の話がだいたいまとまったところで、それまで黙ってふたりを見守っていた祐樹が一歩前に踏み出してきた。

「春香……全然連絡つかないから、心配した。とりあえず、無事でよかった」

「……すみません」

新しくした連絡先を、祐樹にはまだ教えていない。そもそも祐樹の連絡先が、春香にはわからなくなっていた。

いまスマートフォンに入っている連絡先は、母だけだ。

「昨日、家に帰ってなかったね」

「実家に泊まりにいっていたので」

「そう。それで……スマホは変えたの？」

春香は俯くように頷いた。

「俺は、また、新しい連絡先を教えてもらえないのかな」

答えられない。

正直なところ、教えたくなかった。

祐樹とのたわいのない、でも大事なメッセージのやり取りは、前のスマートフォンと一緒に捨ててしまった。

このまま仕事も家も祐樹も捨てて、新しい自分になりたかった。そうすれば、つまらないことでいちいち傷つかなくて済む。

「俺には、どうして春香が急に俺のことを嫌になってしまったのかわからない。鈍い男でごめん。でも、まだ少しでも情が残っているなら、見てもらいたいものがある——うちに来てくれないか」

「……え？」

いままで一度も呼ばれたことのない祐樹の家に、別れを考えだしてから、初めて招かれた。

戸惑う春香の肩を、琴子が叩いた。

「行っておいでよ」

「でも……」

「どうするにせよ、ちゃんと話し合った方がいいよ」

昨日、母にも同じことを言われた。

きゅっと唇を引き結び、春香はひとつ頷いた。

「わかりました」


車のなかでは、春香だけでなく、祐樹もほとんど喋らなかった。硬い表情は怒っているようにも見える。

春香は気まずいので、窓の外ばかり見ていた。

あんなに祐樹の家に入れてもらえないことを気にしていたのに、いざ入っていいと言われると尻込みしてしまう。

いまさら、とも思ってしまう。

会社から二十分ほどで、祐樹の家に着いた。山手線の内側にある、低層の高級マンションだ。

地下にある駐車場までは、以前車を取りにきたときに一度入ったことがある。

「降りて」

ボソッと言って、祐樹は先に車から降りた。続けて春香も降りる。

居住階へのエレベーターに乗って、階数ボタンを押す。祐樹の部屋は最上階にあるようだ。

五階で降りて、内廊下を奥へと進む。

一番奥まで行ったところが、祐樹の家だった。

「……俺が、春香を家に入れないことが、気になってた？」

ドアの前で、祐樹が尋ねてきた。

「はい」

春香は素直に答えた。

「かな、とは思っていたんだ。でも嫌われるのが怖くて、いままでどうしても呼べなかった。本当にごめん」

嫌われるのが怖いような家とは、どんなだろう。

ゴミ屋敷か？　と一瞬思ったが、祐樹が不潔な身なりだったことなど一度もないし、変な匂いがしたこともない。

実はすごいオタクだったとしても、驚きはするかもしれないけれど、それで嫌いになったりはしない。

深呼吸をひとつして、祐樹が鍵を開ける。

ドアを引く手は、少し震えているように見えた。そんなに緊張しているのかと思うと、春香まで緊張してきた。

ひとが入ってきたことに反応したらしく、玄関にパッと明かりがついた。

「――えっ？」

思わず声が出た。

下駄箱《げたばこ》の上に、Ａ４サイズの写真が額に入れられて飾ってある。

写真コンテストで入選した、五年前にキバナコスモスの前で撮った、春香の写真だ。

「これ、飾ってくれてるんですね」

「……引かない？」

「え、なんで引くんですか？」

ふたりの思い出を大事にしてくれているようで、嬉しかった。

「……じゃあ、行こっか」

祐樹が廊下を進む。春香は後ろからついていった。

リビングに通じるドアの前で、祐樹はまた深呼吸をした。

そして開かれたドアの向こうの景色に、春香は息を飲んだ。

祐樹の実家もたくさんの写真が飾られていたが、それ以上に壁もサイドボードの上も、写真でいっぱいだったのだ。

しかもそのすべてが――春香の写真だった。

「え……ええ……」

「ああっ、やっぱり引いてるっ！」

頭を抱えた祐樹をその場に置き去りにして、春香はリビングのなかに入り、辺りをくまなく見回した。

五年前に撮影会をしたときの別カットもあれば、今年の五月、付き合うことになった日に撮った写真もある。付き合ってからあちこちふたりで出かけたときの写真ももちろん大量にあるし、いったいいつ撮ったのか、春香が助手席で居眠りしているような写真まである。

大きさはさまざまだが、一番のお気に入りなのか、春香がキバナコスモスを見つめているところを望遠レンズで撮った、どちらかというと花の方にピントが合っている写真は、Ａ０サイズはありそうだった。

「六月だったかな。まだこの半分もなかった頃に、一度若菜が写真サークルの用事でうちに来たことがあって。春香と付き合いだした話はしていたし、べつにいいと思って入れたんだけど……ドン引きされた」

サイズかなあ、それとも量かなあ、などと祐樹は言っているが、その両方だろう。

春香はこの前の撮影会で若菜に「物好きだ」と言われたことを思い出した。

あのときは春香なんかと付き合う祐樹のことを言っているのかと思って傷ついたのだが、春香がこの家の様子を知っていると思っていたなら、ストーカーじみた彼氏と付き合っている物好きな女だと思うのも無理はない。

「フッ……フフッ……」

春香は口に手を当てて笑った。

「春香……」

祐樹が近づいてきて、春香の前に立つ。

「引いてない？」

「引いてないですよ」

「怒ってない？」

「怒ってもないです」

祐樹は眉尻を下げて少し情けない顔をしているが、いままでで一番彼を近くに感じた。

「よかった」

祐樹が腰に手を回してきた。春香は祐樹の首に抱きついた。

ふたりの顔が近づいていって、唇が重なる。そっと触れただけの口づけなのに、信じられないくらい気持ちがよかった。

「……祐樹さん」

「うん？」

「私、祐樹さんとなんでも話せるようになりたいです」

「うん……俺ももう、春香の前でカッコつけるのやめるよ」

「カッコつけてたんですか？」

「そりゃあね。好きな子の前では、なるべくカッコよくいたいじゃない」

ぐりぐりと、祐樹が額を春香の肩に押し付けてくる。甘えているみたいで、ちょっと可愛い。

祐樹のことを「可愛い」なんて、初めて思ったかもしれない。

「俺に言いたいことがあったら、なんでも言って。なんでも聞くから」

本当に、なんでも聞いてしまっていいのだろうか。

「……二宮先輩とは、付き合っていたことがあるんですか？」

「え？　若菜？　なんで？」

心底びっくりしたという感じで、祐樹がパッと顔を上げた。

「すごく仲がいいじゃないですか」

「そりゃ、古い付き合いだからね。でもそれだけだよ。だいたい若菜、大学時代から付き合ってる恋人いるし。一回り年上の」

「そうだったんですか」

春香はホッと胸を撫《な》で下ろした。自分で思っていた以上に、若菜と比べられているのではないかと心配だったようだ。

「他に聞きたいことは？」

額に、頬に、祐樹の唇が落ちてくる。自分の写真に囲まれながらキスされるのは、不思議な気分だった。

そうそう、写真で思い出した。

「あの……私の写真を撮るとき、よく私を少しボケさせるの、なんでですか。二宮先輩を撮るときは、そういうことしないのに」

「ああ、だから俺と若菜が付き合ってたんじゃないかとかいう話になったのか」

なるほど、と祐樹が頷く。

「うーん……どう言ったらいいかな。若菜は、存在感が強いじゃない。若菜だけで完結するっていうか。花と若菜がいたら、若菜が勝っちゃう」

「それはなんとなくわかります」

「春香はそうじゃない。花と春香がいたら、両方が同じ空気感になる」

わかるようで、よくわからなかった。

「俺、春香が花や小さい生き物を見るときの目が好きなんだ」

「目？」

「そう。春香がどんなふうに花を見ているのか撮りたいと思う。そうすると、ピントが花に合う」

そう言われてリビングを見回してみると、たしかに春香の視線の先、指の先に焦点が合っているものが多い。自分はこんなふうに花を見ていたのかと、新鮮な気分になった。

「……いまの説明で、わかった？」

「祐樹さんは、私のことが大好きだってことはよくわかりました」

「それはよかった」

ぎゅっと抱き締められ、幸せを味わう。

「春香……お願いだ」

祐樹が真顔になって懇願してきた。

「もう二度と、俺と連絡を絶とうとしないでくれ。心配で、心臓がどうにかなりそうだった。またこんなことがあったら、もう耐えられそうにない」

「ご、ごめんなさい」

春香は自分のリセット癖を、猛省した。

自分が同じことをされたら、と想像すると、本当にひどいことをしてしまったと思う。

再び祐樹の顔が近づいてきて、とろけるようなキスをされた。

「ん……んん……」

この部屋を春香に見せることを、祐樹が躊躇したのもわかる。でも春香は、祐樹の目が自分だけを見ていたことがハッキリとわかって嬉しかった。

請われるままに、舌を差し出す。自分のすべてを、彼のものにしてもらいたかった。

「あんん……んう、んんっ」

キスに夢中になりかけて、バッチリと写真の自分と目が合ってしまった。

ここでキス以上のことをするのは、さすがにちょっと恥ずかしい。

「ん……あの、祐樹さん……ベッドに……」

「あ……う、うん……」

祐樹はわずかに困ったような顔をしたが、すぐに了承してくれた。

ふたりでもつれ合うようにして廊下に出た。向かって右が主寝室のドアだった。

ドアを開けて壁のスイッチを押す。

パッと明かりのついた大きなベッドのある部屋の壁には——リビングに負けないくらい、春香の写真でいっぱいだった。

「祐樹さん⁉」

「……引いた？」

「引きはしませんけど、びっくりくらいはさせてください」

「そうだよな。ごめん」

たぶん、他の部屋や洗面所なども同じ状況だ。見なくても確信できた。

春香は祐樹の愛が、いままで思っていたより、ずっとずっと重いことを痛感した。

「愛してるよ、春香」

濃茶のベッドカバーがかかったキングサイズのベッドに優しく横たえられた。

「はい。よーっくわかりました」

「春香は？」

「愛してます」

祐樹の写真で家の壁を埋め尽くしたりはしないけれど、自分なりに祐樹を愛していると、自信を持って言える。

ありったけの愛情を込めて、春香は自分から祐樹の首に腕を回した。祐樹の顔が下りてきて、唇が優しく重なる。

「ん……んん……」

祐樹の唇の間から舌を差し入れると、すぐさま絡め取られ、吸い上げられた。

春香は、なにもかも祐樹が初めてだ。だから、粘膜で触れ合うのがこれほど気持ちいいものだということは、祐樹が教えてくれた。

少しざらりとした舌で、お互いの口のなかをじっくりと舐め合う。溶け合うような一体感に陶然となり、体が熱くなってくる。

「春香……春香っ……」

祐樹が熱に浮かされたような声で春香の名前を呼んだ。

ふたりの間にある布が邪魔だなと思ったら、祐樹もそう思ったらしく、もどかしそうに春香の服を脱がせてきた。下着も剥ぎ取られ、全裸になった春香を見て、祐樹はうっとりしたような顔になった。

「綺麗だ」

「ありがとうございます」

もう少し胸が欲しかったとか、脚もあと何センチか欲しかったとか、思うことはいままでけっこうあった。若菜と自分を比べて、勝手にコンプレックスを抱いていたのだ。

でも、祐樹が自分だけを見ていることがハッキリとわかったいまは、自分は自分のままでいいのだと自信が持てるようになった。

祐樹も自分の着ているものをすべて脱ぎ捨てて、全裸になる。祐樹は着痩せするタイプらしく、服を脱ぐと意外に筋肉がついているものだから、毎回新鮮に驚く。

「祐樹さんは、カッコいいです」

「ありがとう」

祐樹は嬉しそうに笑い、体を倒してきた。

裸で抱き合う。素肌と素肌で触れ合うのは、服を着ているときとは段違いに密着感があって、たまらなく気持ちがよかった。

祐樹の手が、お尻の方から前に回ってきて、割れ目に触れる。

「んっ……」

「もう濡れてきてる」

指先が入り口の辺りで遊ぶように動く。ぴちゃりと水音がして、春香はビクッと震えた。

「春香は感じやすいね」

そうなのだろうか。他のカップルがどんな感じなのか、そんな赤裸々な話を誰ともしたことがないからわからない。

祐樹の指が、割れ目のなかを上下に動き続ける。春香は祐樹にぎゅっと抱き付いて、湧き上がってくる快楽に耐えた。

「あっ、そこはぁ……っ……」

春香の一番感じるポイントである突起に、祐樹の指先が当たった。そのまままくるくると小さく円を描くように刺激され、腰が勝手に跳ねる。

「気持ちいい？」

祐樹はよくこういうことを聞いてくるが、答えるのは恥ずかしい。

「うぅ……は、はい……あっ、ああっ」

気持ちがいい。

秘苑の奥から、とろとろと蜜液が溢れ出してきているのが、自分でもわかった。

おへその下辺りには、祐樹の硬くなったものが当たっている。これが自分のなかに入って動いたらどんなに気持ちがいいか、春香はもう知っている。

欲しい。

そう思ったら、無意識で自分から祐樹の腰に脚を絡めていた。

「今日は積極的だね」

嬉しい、と祐樹がチュッと音を立ててキスしてくれる。欲しがっていいのだと認められたみたいで、春香も嬉しくなる。

何度もキスをしながら、祐樹は春香を抱えたままベッドに仰向けになった。春香が祐樹の上に乗っかる形だ。

「上に乗ってみてくれる？」

「上に……？」

春香はもう乗っているではないかという疑問を持った。

「座って」

そこまで言われて、やっと理解した。したことはないが知識としては知っている、騎乗位というやつだ。

春香は言われた通り、おずおずと祐樹の太股に跨《また》がってみた。

もう硬くなっているものが、真上を向いているのが見える。いままで恥ずかしくてあまりちゃんと見たことがなかったので、ついまじまじと眺めてしまう。赤黒くて、猛々《たけだけ》しくて、少しだけ怖い感じがした。

「入れられそう？」

「……はい」

こういうことは、する、のではなく、されるものなのだと思い込んでいた。自分から祐樹を受け入れるなんて、本当にできるだろうかと少々不安になる。

「じゃあまず、これをつけて」

祐樹が枕の下に手を入れて、五センチ四方くらいのなにかを手渡してきた。

「これって……？」

「コンドーム」

実物をちゃんと見るのは、初めてだった。いつもは、祐樹がいつのまにかつけたり外したりしているものだ。

祐樹の指示に従い、パッケージをピリッと破る。なかから出てきたコンドームは、薄いピンク色で、ぬるっとしていた。

先の部分をつまんで空気を抜き、祐樹のものにクルクルと被せていく。祐樹は慣れない手つきでふたりが繋がる準備をしている春香を、楽しそうに眺めていた。

「――できました」

「うん。よくできました」

頭を撫でるみたいに、お尻を撫でられた。

深呼吸をひとつしてから、春香は祐樹に跨がったままお尻を上げた。

左手を祐樹の胸に置き、右手で肉棒を掴む。こうして手で直接彼のものに触れるのも初めてだ。たしかに血が通っているものなのに、硬くて熱くて、ここだけが別の生き物のように感じた。

位置を合わせ、恐る恐る腰を下ろしていく。

「あ……」

張り詰めた丸い先端が、たっぷりと蜜液を湛えた入り口に当たった。

祐樹は観察するような目で、春香のことをじっと見ている。春香はそんな彼と目を合わせて、少しずつ腰を落とした。

閉じ合わさっている粘膜を押し広げて、太いものが入ってくる。

「ああっ……」

ぞわっと、快感が背中を駆け上がってきた。

期待と羞恥で、痛いくらいに胸がドキドキしている。ずるずると粘膜を擦られながら連結が深まっていく感触は、狂おしいほど気持ちがよかった。

「あっ……すごい、入っちゃうっ……」

こんなに太いものが自分のなかに入ってしまうなんて、信じられない思いだった。

「入っちゃうね……ほら、全部入った」

春香のお尻が、祐樹の下腹部を叩いた。春香は荒い息をついた。

自分の体重がかかるからだろうか、いつもよりずっと深いところまで入っているように感じる。

「動けそうだったら、腰を前後に揺らしてみて」

「は、はい……んんっ」

軽く腰を揺すっただけで、子宮の入り口をこね回されることになり、内腿にギュッと力を入れてしまった。

怖いくらい刺激が強い。

「ゆっくりでいいから」

頷いて、また頑張って腰を使う。

グチュッグチュッと湿った音がするのが恥ずかしかった。

「ああっ……んんっ、ああんっ……」

だんだんとコツが掴めてきて、腰の動きがリズミカルになる。いいところに祐樹のものが当たり、気持ちよくて目眩《めまい》がした。

「可愛い、春香」

いやらしく腰を使う春香を、祐樹がギラギラした目で見上げている。

「あっ……見ないで、恥ずかしいっ……」

部屋の明かりはついたままだ。それなのに気持ちよくて、腰を揺らすのを止められない。切ない疼きが、体の奥にじわじわと溜まっていく。

そんな淫らな自分を、壁に飾られた大勢の自分が、じっと見ている。

春香は背筋を反らして、ぶるりとひとつ大きく震えた。

体の内側も外側も祐樹の愛で埋められ、窒息しそうだ。

「愛してるよ、春香」

祐樹の両手が、春香の腰をグッと掴んだ。次の瞬間強く引き寄せられ、目の前に火花が散った。

「あああっ――！」

しっかりと腰を掴んでくれていなかったら、ベッドに倒れ込んでしまっていただろう。そのくらい強烈な快感だった。

「いくよ」

短く言って、がっちりと春香の腰を掴んだまま、祐樹が下から突き上げはじめる。

「あっ、あああっ！」

祐樹の胸に爪を食い込ませて、春香は叫んだ。グイグイと最奥まで送り込まれてくる彼のものに翻弄され、ただ喘ぐことしかできなくなる。

「春香、可愛い、ほんとに可愛い」

「ああっ、祐樹さんっ……祐樹さんっ」

感じすぎて、涙が出てきた。貫かれているところから多幸感が湧き上がって、全身を満たしていく。いつまでも、こうしていたかった。

「もう、イクよっ……」

たくましい祐樹のものが、春香のなかで一回り大きくなった感じがした。

「はいっ、私も、もうっ――！」

子宮の入り口に食い込むくらい奥までねじ込まれ、目の前が真っ白になる。次の瞬間、体を起こした祐樹に背骨が折れそうなほどきつく抱き締められた。

春香は体のコントロールを完全に失ってしまったが、祐樹のたくましい腕がしっかりと支えてくれている。

自分のなかで彼のものが脈打っているのを感じながら、春香は幸せな気分でまぶたを閉じていた。


一緒にシャワーを浴びて体を綺麗にしてから、改めてベッドに入った。

春香は着替えがなかったので祐樹のTシャツを借りた。

一時は別れた方がいいかもとまで思った祐樹の腕枕で寝るのは、この上ない幸せだった。

「他に聞きたいことや、言いたいことはない？」

「聞きたいことは、特に——」

ない、と言いかけて、一度口を閉じた。

祐樹からの重すぎるほどの愛を実感したいま、春香はもう、彼との付き合いに先がないとは思っていない。

でも交際を続けていくのなら、伝えておかなくてはいけないことはいくつかある。

「聞いてほしいことは、あります」

春香は祐樹となんでも話せる関係になりたかった。

「あの……うち、母子家庭なんですけど」

「うん、それは前に聞いた。弟さん、まだ中学生だったよね」

「そうなんです。それで……私、月に五万円、実家に仕送りしてるんです」

「そうなんだ」

春香にしてみれば一大決心をして言ったのに、祐樹は特に驚いた様子を見せなかった。

「それと、月に三万円、奨学金を返しています」

「それは偉いね」

褒められてしまった。

「引いてません……？」

「どうして？　引かないよ」

祐樹はただ嬉しそうに春香の髪を梳いている。

「いまもらってるお給料、そんな高くないですし、正社員でもないし……私、あんまりお金、ないんです」

「俺はまあああるから、大丈夫」

問題ない、という感じで祐樹は笑った。

春香は目を見開いて、口をパクパクさせた。

これって、そんなに簡単な話だったんだろうか。いままで感じていた引け目はいったいなんだったのだ。

「……私の実家、祐樹さんのおうちみたいな、立派な家じゃないんです。狭いアパートで。それがずっと、釣り合いが取れてないいんじゃないかって、不安で」

「釣り合いってそんなに大事？　家庭環境の違いはしょうがないいんじゃないのかな。お母さん、シングルマザーで、ご苦労されてるんだろうし」

「母は愚痴っぽくて、いろいろ雑で、お酒が大好きで」

「いいね。今度日本酒持って遊びに行こうかな」

「弟は背ばっかり伸びて一七八センチもあるのに、中身はまだ全然子供で」

「中二でその身長か！　俺一八〇センチなんだけど、来年には抜かれてそう」

祐樹はニコニコしながら、春香の家族の話を聞いてくれている。

春香は心のなかにずっとあったわだかまりが解けていくのを感じた。

いつか、春香の家族にも会ってもらいたい。

弟が大学を出て仕送りがいらなくなったタイミングで、結婚だって考えられるかもしれない。

明るい未来を想像し、気分も明るくなってきたところで、祐樹が言った。

「結婚したら、俺が仕送りするよ」

「えっ!?」

「それはちょっとって思うなら、春香が仕事続けて、それだけ自分で払ったっていいけど」

「いえ、あの……結婚って」

「えっ、したくない？」

「いえっ、あの、したいとかしたくないとかではなく……え？　け、結婚？」

突然の言葉に、春香は混乱していた。

そういう未来がくるかもしれないとは思っていたが、それはもっとずっと先だと思っていたのだ。

「ごめん、急すぎたか。俺的には、ずっと考えてたんだけど」

「そう……だったんですか……」

全身から力が抜けていく。

そういえば以前、会社が経営統合するから契約を切られるかもしれないという話をしたとき、「働かない」という選択肢を提案されたことを思い出した。

あれは、そういう意味だったのか。

「ごめん。やっぱり、いまのなしで」

「え？」

「こんな、『ついでに言った』みたいなプロポーズじゃ、やっぱりダメだ。仕切り直させてほしい」

春香は驚きはしたものの十分嬉しかったのだが、祐樹の美学には反したらしい。

「あんまり高い指輪とか、買わないでくださいね」

「……善処します」

買うつもりだったらしい。

「私、祐樹さんがいてくれれば、それでいいんです」

「俺も春香がいてくれればそれで幸せなんだけど、それはそれとして、春香に服を買って着せて脱がせたり、指輪を買ってつけてもらったりはしたいんだよね」

祐樹が甘えるように、春香の頭に自分の額を擦りつけてきた。

「次はちゃんとプロポーズするから、期待してて。でも、まずは——新しい連絡先を教えてくれる？」

「フフッ、はい」

春香はとびっきりの笑顔で応えて、祐樹に抱きついた。

地味な派遣OLの私ですが、再会した一途な御曹司に溺愛されています

番外編
その後のふたり

★

ルネッタⓁブックス

1

いつもより念入りに化粧した顔を、鏡で隅々までチェックする。

少し濃かっただろうか。でもこれからディナーを食べに行くフランス料理店の格を考えると、あんまり薄化粧でもおかしいだろう。

春香としてはだいぶ奮発して買った秋色のワンピースの上にジャケットを羽織り、爪も綺麗に塗り直した。

ドキドキする胸を押さえて、立ち上がる。

今日は大事な日なのだ。


約束の時間ぴったりに家を出る。

アパートの前には、祐樹の車が停まっていた。

「お待たせしました」

「いや、いま来たところ」

今日の祐樹は、スリーピースのダークカラーのスーツ姿だ。

スーツ姿など、もう見慣れているはずなのに、見とれてしまうほどカッコいい。

仕事帰りなどと違うのは、ネクタイが赤系の明るい色なのと、ポケットに同色のチーフを入れているところだ。その色が、今日は特別な日だと主張しているようで、嬉しくなる。

春香が助手席に乗り込むと、車が滑らかに走り出した。

目的地は、都心から少し離れたところにある、高級フレンチだ。

祐樹は慣れているのかもしれないが、春香はドレスコードのある店に行くことなんてそうそうないので、緊張してしまう。

三十分ほど走って、目的の店に着いた。広い邸宅のような作りで、駐車場にも余裕がある。

祐樹が先に車を降り、助手席のドアを開けてくれた。

「どうぞ」

「あ、ありがとうございます」

こんな扱いを受けたことがなかったので、キュンとした。

祐樹の半歩後ろを歩き、店に入る。席と席の間が広く、落ち着いた雰囲気の店だった。調度品はきっと高級なのだろうが、嫌みな感じはなく、春香は好感を持った。

店員に案内されて、窓側の席に座る。テーブルの上に、キャンドルがひとつ置かれた。

飲み物をどうするか聞かれ、お勧めを尋ね、赤ワインを一本頼んだ。

食前酒が来て、ふたりで乾杯をした。

祐樹は少し緊張した顔をしている。それは春香も同じだった。

料理は大きなお皿に美しく盛られ、少しずつ運ばれてきた。アワビのロティも阿蘇牛《あそうし》のロースも美味しく、ワインによく合った。ふたりして、居酒屋や春香の家で飲むときより話し方が上品になっているのが、なんだかおかしかった。

ワインを飲み切り、食後のデザートとコーヒーを待っていたところで、祐樹が一度席を立った。いよいよかと思うと、緊張でじっとしていられなくなる。春香はテーブルの下で、ワンピースの膝の辺りをぎゅっと掴んで、俯いた。

「――お待たせ」

祐樹の声がして、パッと顔を上げる。

「わあっ……」

思わず感嘆の声を上げてしまった。

祐樹が、両手で抱えきれないほど大きな花束を抱えていたからだ。ふたりの思い出の花であるキバナコスモスを主役にした、豪華ではあるけれど可愛らしい花束だった。

「すごい、こんな……」

「花を贈るって、前に約束したろ」

それにしたって、ちょっと量が多すぎるのではないだろうか。

「どうしよう、こんな大きな花瓶、うちにはありません」

「そんなこともあろうかと思って、買っておいたから大丈夫」

車に積んであるよと祐樹が胸を張るから、春香は笑ってしまった。

そんな春香を、祐樹が嬉しそうに見つめている。

「……春香」

「はい」

「愛してる。どうか俺と、結婚してください」

差し出された花束を、春香は両手でしっかり受け取った。

「私も愛しています……どうぞ、よろしくお願いします」

そう答えると、ほぼ満席の店内で、拍手が湧き起こった。

「あ……ありがとうございますっ」

ぺこぺこと周囲に頭を下げている春香の目には、嬉《うれ》し涙がにじんでいた。

2

春香と祐樹は、祐樹の家のリビングで、膝を突き合わせて新居の相談をしている。

広さだけを考えるなら、いま祐樹が暮らしているこのマンションで十分ふたりで暮らせるのだが、四方を自分の写真で囲まれながら生活するのは、春香には厳しい。

なので、せめてリビング以外の各部屋壁一枚分くらいまで写真を減らしてくれないかとお願いすると、祐樹は絶望的な表情を浮かべた。

「む、無理だ……」

「ええ……」

春香は頭を抱えた。

「本人が家にいるなら、それでいいじゃないですか」

「それとこれとはまた別なんだよなあ」

「いまのままじゃ、誰もお客さんを呼べないですよ」

春香本人すら呼べずにいた祐樹は、そう言われると弱いらしく、うっと口をつぐんだ。

「私、嫌ですよ。親すら家に呼べないなんて」

「わ、わかったよ」

渋々ではあるけれど、祐樹は了承した。

「……春香は、ちょっと強くなったね」

「強い私は、嫌いですか？」

「いや、愛してるよ」

祐樹が春香の肩を抱き寄せ、頭を摺《す》り寄せてくる。

「私、祐樹さんとはなんでも話せる夫婦になるって、決めてるんです」

もう、祐樹に言いたいことを言えず、うじうじするのは止めたのだ。我慢を重ねて、またスマートフォンを水没させるような羽目になるのはまっぴらだった。

「いいね。俺も、春香に言いたいことはなんでも言うようにする。キスがしたい」

「ど、どうぞ」

チュッ、と軽いリップ音を立てて、短くキスされた。

「はあ……明日、緊張するなあ」

春香の頭に顎を乗せて、祐樹が呟く。

明日は午後二時頃、ふたりで春香の実家に結婚の挨拶に行くことになっている。

祐樹と春香の家族は、これが初対面だ。

「祐樹さんでも、緊張するんですね」

「するよ。俺をなんだと思ってるの」

「だって、祐樹さんには結婚を反対される要素なにもないじゃないですか」

「わかんないよ。本人ニコニコしてるつもりでも、ヘラヘラしててうさんくさい奴《やつ》と思われるかもしれないし」

「うさんくさいとは思われないと思いますけど、うちのお母さん脳と口が直結しているようなところがあるので、『うわ、イケメン来た』とかは言うかも」

「イケメンと思ってくれるならいいんだけど」

カッコいい自覚はそれなりにあるだろうに、自信なさそうに言うのがおかしい。

一方春香は、深く愛されていることを自覚したことで、自分に自信が持てるようになった。もう、狭いアパートで、祐樹を母と弟に会わせることだって、怖くない。

春香が育った家だ。なにも恥じることはない。

祐樹の実家には、昨日ふたりで結婚の報告に行った。

両親ともども手放しで喜んでくれ、春香は嬉しかった。その場には、以前遊びに行ったときはいなかった、一歳の子供がいるお姉さんも来ていたのだが、ふたりの馴《な》れ初《そ》めは、とか、こいつのどこがよかったの、とか質問攻めにあい、少々オロオロしてしまった。それでも歓迎はしてくれているようなので、ホッとした。

仕事に関しては、今年いっぱいで、いったん辞めることにした。

次の仕事は、籍を入れて落ち着いたら、ゆっくり探したい。

春香にだって多少は貯金があるし、前回みたいに、いますぐにでも！　みたいな探し方はしたくなかった。

祐樹は春香に家にいてほしそうにしているが、春香の好きにすればいいというスタンスだ。子供でもできればまた考えなくてはいけないだろうが、当面は共働きでいくのがいいと春香は思っている。

「お母さんが、寿司《すし》とケーキどっちを用意しておけばいいのかって言うから、お茶だけでいいって言っておきました」

「ああ、そう、手土産。手土産なんにしよう。行く前にデパ地下寄らないと。お義母さん、なにが好き？　お酒……じゃヘンかなあ」

「エビ煎餅が好きですよ、老舗《しにせ》のやつ」

「じゃ、それにしよう」

俺も好き、と祐樹が笑う。

「結婚式の話も、ある程度した方がいいですよね」

「そうだね、いろいろ準備もあるだろうし」

準備といっても、来年三月に身内で行う予定の結婚式の、春香側の出席者は、春香の母と弟だけだ。

琴子や武史、写真サークルの仲間たちなどは、二次会に招待することになっている。

祐樹の父親は会社を経営しているので、もしかしたらものすごく大規模な結婚式をしなくてはいけないのではと、春香は心配したのだが、親戚だけの式で大丈夫ということでホッとした。あまり大勢の前に出るのは好きではない。

新婚旅行は、以前ゴールデンウイークに予約したハワイ旅行を、春香には取り消したと言っておいて祐樹がこっそりそのままにしていたので、それを新婚旅行にすることにした。

「結婚式の準備、頑張りましょうね」

といっても、具体的になにをすればいいのか、いまいちよくわかっていないのだが。

春香は友達が少ないうえに親戚も疎遠なので、いままで結婚式というものに出たことが一度もない。来年一月に、レストランで行うという武史と琴子の結婚式に招かれているから、それが初めてだ。

しっかり見て、いろいろ参考にさせてもらおうと思っている。

「俺は春香のウエディングドレス姿が見られたら、それでいいんだけど」

「ダメですよ、横ばっかり向いてちゃ。ちゃんとお客様のお相手してくださいね」

とは言いつつ、春香も祐樹のタキシード姿が、いまから楽しみなのだった。

3

「――うわ、イケメン来た」

春香のアパートの玄関先で、祐樹が肩を震わせて笑っている。

母の第一声が、春香の予言した言葉そのまんまだったからだ。

「は……初めまして、高見祐樹と申します」

「春香の母です。むさくるしいところですけど、どうぞお入りください」

機嫌よく、玄関を入ってすぐのところにあるダイニングに祐樹を案内した母の顔は、普段よりだいぶ化粧が濃かった。

「いまお茶入れますね……亮太ー！　なにやってんの、あんたも出てきなさいっ」

母が大きな声で呼ぶと、ダイニングの向こうの部屋から、学ジャー姿の弟がのっそりと姿を現した。

「やあ、こんにちは。亮太くん、だったね」

「……っす」

亮太は挨拶なんだかそうじゃないんだかよくわからない感じで、もごもごと口のなかでなにか言った。

「背高いな！　まだ中二だろ？」

「……バスケ、やってるから」

「はい、そんなところにぬぼーっと立ってないで、座って座って」

母の言い方は雑すぎて、これでは亮太の隣に立っている祐樹まで『ぬぼーっと立っている』ように聞こえる。

だからというわけでもないだろうが、四人掛けのダイニングテーブルの奥側に、亮太と祐樹が同時に座った。

「ん……？」

座ってから、結婚の挨拶に来ているのに隣が春香じゃないのはヘンだと思ったらしく、祐樹が軽く首を傾げた。

「亮太、あんたはこっちでしょ。なに上座に座ってんの」

母にピシャリと言われ、亮太が口を尖らせる。

「なんだよ、カミザって。知らねえし」

また祐樹が肩を震わせて笑っている。

「……なんか、ごめんなさい」

「いや、全然」

春香は弟を立たせて、自分が祐樹の隣に座った。弟はふてくされたような顔で、春香の向かい側の席に座った。

「はい、どうぞ」

母が日本茶を皆の前に置いていく。茶托《ちゃたく》などという洒落たものはないので、テーブルの上に直接湯呑だ。

母もテーブルについたところで、やっとちょっと、改まったような空気になった。

「改めまして、高見祐樹と申します。本日は、春香さんとの結婚をお許しいただきたく、おうちに伺いました」

「春香の、大学時代の先輩なんですってね」

簡単な馴れ初めと祐樹の人となりは、事前に母に話しておいた。

「はい。写真サークルのメンバーとして、春香さんと出会いました。いまも一緒に撮影したりしています」

「お仕事は……会社をやってらっしゃるんですって？」

「僕ではなく、父の会社です。輸入商社ですが、飲食店や不動産もいくつか……僕は若輩者ですから、まだ手伝っている程度ですが」

「そんな立派な方が、うちの春香と結婚したいだなんて、信じられなくて」

「しかもイケメン」

ボソッと亮太が言った。

「うちは見ての通り、母子家庭で結婚式のドレス代もろくに出してやれないような家で……そちらのご両親は、こちらのことをご存じなのかしら」

「はい。父も母も、しっかり者の春香さんのことをすごく気に入って結婚すると言ったら大喜びしてました。ドレス代……というか、結婚にかかわる費用は、僕が出します。ぜひ出させてください」

「そう？　そこまでおっしゃるんでしたら――」

どうぞよろしくお願いします、と母が頭を下げ、その隣で弟も首から上だけ頭を下げた。


硬い話はもうおしまい、とばかりに、お茶を飲み終わると缶チューハイが出てきた。

「まだ昼間なんだけど」と春香が文句を言う。

「こんなおめでたい話聞いて、飲まずにいられますかって」

母は浮かれた声で言って、春香と祐樹にも缶チューハイを配った。

「俺は？」

弟が言う。

「あんたは水でも飲んでなさいよ」

「ひでえ」

母に文句を言って、冷蔵庫のなかからコーラを取り出す。

「それじゃ、春香と祐樹さんの結婚を祝って――かんぱーい！」

つまみにと、祐樹が手土産として持ってきたエビ煎餅の箱が、さっそく開けられる。

母は絶好調でよく飲み、よく食べた。

「――そうだ、祐樹さん、春香の子供の頃の写真なんて、興味ある？」

「めちゃくちゃ興味ありますね」

祐樹は食い気味に言った。

春香は少し恥ずかしいなと思ったが、自分が祐樹の実家で祐樹の子供の頃の写真をさんざん見てしまった手前、嫌だとは言えない。

しかし親という生き物は、子供が結婚相手を連れてきたら、小さい頃のアルバムを見せずにはいられないものなのだろうか。

母が奥の部屋から、アルバムを一冊持ってきた。祐樹のアルバムと同じような、昔ながらの貼るタイプのものだ。

「これが、小学校に入る前までの分」

「あるだけ全部見たいです」

「これで全部よ」

母が答えると、祐樹が驚いた顔をした。

「祐樹さん、小学校入学前だけで十冊以上アルバムがある家の方が少ないと思いますよ」

「十冊⁉」

弟が明らかに引いている。

「俺なんか、姉ちゃんの写真の半分もないんだけど……」

「二人目なんてそんなもんよ」

母はしれっとしている。

「俺も弟ですけどね」

祐樹はそう言って、春香のアルバムを開いた。

最初のページには、半目を開いたような微妙な表情の赤ん坊が、母に抱かれて写っていた。

「……天使かっ」

祐樹は天井を仰いだ。

「天使て」

弟がまた引いている。

春香自身、自分のアルバムを見るのは久しぶりだった。

写真を撮ったのは、ほとんど母だ。

春香の母は、祐樹の父親のように写真が趣味なわけではない。だから写真自体はそれほど上手ではないのだが、そこにはたしかに愛情と呼べるものが滲んでいた。

いまとなっては居場所もわからない父も、たまに春香を抱いて写っている。

「これは、お父さん？」

「そうです」

「優しそうなひとだね」

「優しかったのかなあ……」

もう忘れてしまいましたと、正直に言う。

「優しかったよ。たまにはね」

母が言った。

祐樹はアルバムのページをめくっていく。春香はだんだん育っていき、歩けるようになった。

「天使だ……」

もう弟は突っ込まず、バリバリとエビ煎餅を食べていた。

4

月日は流れ、三月。結婚式の日がやってきた。

母は着慣れない黒留袖。弟は着慣れないスーツ。そして春香は着慣れないウエディングドレスを着て、控え室にいる。

控え室は、ホテルの一室だ。同じ部屋で着付けやヘアメイクもしてもらえ、落ち着けてよかった。

ノースリーブでAラインのドレスは、祐樹とふたりでドレスショップに行ったとき、春香が一目惚《ひとめぼ》れしたものだ。レンタルでいいと春香は言ったのだが、祐樹が絶対に買うと言い張り、結局オーダーした。

おかげで細かく採寸して自分のサイズぴったりに作ってもらえたし、デザインも春香の好みに合わせて少し変更してもらえた。

「とてもよくお似合いですよ」

ヘアメイクを担当してくれたスタッフがニコニコ笑っている。

「ありがとうございます」

「ほんと。さすが私の娘だわ」

母が満足げに言った。

弟は照れくさいのか、あまり春香と目を合わせようとしない。

春香の結婚が決まってから、母は以前ほど愚痴を言わなくなった。春香の嫁ぎ先が経済的に余裕のある家だということで安心したのもあるだろうが、祐樹の人柄によるところも大きいだろう。

「まだけっこう時間あるわね」

母が言った。

「俺コーラ飲みたい」

「冷蔵庫に入ってるんじゃない？」

春香も少し喉が渇いたが、いま飲み物を飲んだら、せっかく塗ってもらった口紅が落ちてしまいそうだ。

とそのとき、コンコンとノックの音がした。

「はーい」

「俺」

聞こえてきた声は、これから共に結婚式を挙げる祐樹のものだった。

「どうぞ」

声をかけると、扉が開いた。

「——っ！」

祐樹が声を失った様子で立ちすくむ。

「祐樹さん？」

「……綺麗だ」

しみじみとした口調だった。

「ありがとうございます。祐樹さんはカッコいいです」

深みのあるネイビーのタキシードを着た祐樹は、惚《ほ》れ惚《ぼ》れするほどカッコよかった。

「……俺、ちょっと出てるわ」

甘い空気に耐えられなくなったらしい弟が、そそくさと部屋を出ていった。

「私たちも、出ましょうかね」

母とヘアメイクのスタッフも、笑い合いながら出ていった。祐樹と春香をふたりきりにしてくれようとしたようだ。

「祐樹さん……」

「春香……」

人目がなくなったふたりは、遠慮なくドレスアップしたお互いを見つめ合った。

自然と近寄って、抱き締め合う。

「愛してる。一生大事にすると誓うよ」

「私も愛してます……一生、一緒にいてください」

祐樹の顔が近付いてくる。口紅が落ちてしまうかもとチラリと思ったが、春香はそのまま祐樹の唇を受け入れた。

それはいままでで一番、幸せなキスだった。

あとがき

『地味な派遣ＯＬの私ですが、再会した一途な御曹司に溺愛されています』を手に取ってくださった皆様、こんにちは。緒莉《おり》といいます。

五年ぶりに再会した春香と祐樹の恋物語、楽しんでいただけたでしょうか。

初めはもうちょっとお仕事小説っぽくするつもりだったのですが、気がついたらデートばかりしていました。おかしいな。バカップルめっ。


春香が働いているコールセンターの様子は、実際に損保会社のコールセンターで働いている友人から話を聞かせてもらって書きました。

毎日たくさんの事故ったひとからの電話を取るって、とても大変なお仕事だと思います。

喫茶店で話を聞いていて、いつもひとり無言で働いている私には絶対にできないなと思ってしまいました。何年も続けている友人を、心から尊敬しています。

祐樹の部屋の様子は、二次元の推しのタペストリーやポスターでリビングや洗面所の壁が埋まってしまい、もう天井しか貼るところがなさそうな、別の友人の家を思い浮かべて書きました。

二次元でも三次元でも、そこまで推せるひとがいるのは幸せなことだと思います。

私はひとり暮らしではないので、壁に貼ったりはあまりできないのですが、自分の机の周りに推しのぬいぐるみやフィギュアをちょこっと飾っています。

それだけでもＱＯＬが爆上げされるので、推しは偉大です（なにを推しているかは恥ずかしいので内緒です）。

普通の美術館は好きでたまに行くのですが、写真美術館にはこのお話を書くために初めて行ってきました。

私が行ったときには、収蔵作品展と深瀬昌久《ふかせまさひさ》、土門拳《どもんけん》が展示されていました。生々しくこちらに迫ってくるような写真がたくさんあり、感銘を受けました。

小説を書くのは孤独な作業で、忙しくなってくると家のなかからほとんど出なくなってしまうんですけど、取材の過程では新しいことを知ることができてとても楽しいです。

私もデジタル一眼レフカメラで、写真を撮ってみたくなりました。高くてポンとは買えませんが。

第五章に出てくる電動かき氷器は、いま私がすごく欲しいものです。うちにあるのは、昔ながらの手動の、専用の氷を作らなければいけないタイプのものなんですよね。ガリガリやるのに、けっこう力も必要で。

それが電動なら、スイッチポンで、フワフワの氷が出てくる。らしいです。

夢のようじゃないですか。

いまこのあとがきを書いているのは十月なので、もう朝晩涼しいんですけど、来年の夏にはたぶん買ってしまいそうです。

今回、執筆期間は十分確保していたはずだったのですが、二か月ほど完全にスランプでなにも書けない日が続き、何度も締め切りを破って、担当編集さまには多大なご迷惑を掛けてしまいました。

猛省しております。今後は同じことのないよう、プロットの段階でもっとちゃんと練っておきたいと思います。

もともと手が早い方ではないのですが、こんなに書けなかったのは初めてで、どうしようかと思いました。

それでもなんとか刊行できそうで、ホッとしています。

今作の表紙を素敵に飾ってくださった芦原《あしはら》モカ先生、初々しいふたりの様子が微笑ましく、イラストを拝見したとき本当に嬉しかったです。ありがとうございました。

最後になりますが、私の作品を応援し、読んでくださる皆様に感謝いたします。これからも楽しく読んでいただけるものをお送りできるよう、精進いたします。

それではまた、次のお話でお会いできますように。

緒莉

ルネッタ🄻ブックス

オトナの恋がしたくなる♥

正直、可愛すぎて
頭がおかしくなりそうです

結婚してほしい副社長
×
恋人の自覚がないOL

ISBN978-4-596-74950-5　定価1200円＋税

副社長、これは訓練なので溺愛しないでください！

いきなり結婚なんて困ります⁉

ORI

緒莉

カバーイラスト／カトーナオ

上司のセクハラに困っていた杏は何故か窓掃除をしていた副社長・和仁に助けられのたがきっかけでひとりが好きな者同士意気投合。彼と「誰かと過ごすことに慣れる訓練」をすることになる。映画鑑賞好きな杏とアウトドア派な和仁で譲歩しあい、ふたりの居心地のよさを覚えていくが、身体を重ねた後も訓練のつもりの杏と結婚したい和仁ですれ違い——⁉

ルネッタ🄻ブックス

オトナの恋がしたくなる♥

ほらもう、こんなに濡れている

運命の人を逃がさない旦那さま×
失恋一転、溺愛される奥さま

ISBN978-4-596-77444-6　定価1200円＋税

交際0日婚の御曹司ドクターは、私のことが好きすぎます！

お見合いで運命の人に出会いました

MARIO AZUMA　**東 万里央**

カバーイラスト／カトーナオ

長年の恋人に裏切られた杏樹は、心機一転婚活に挑むが出会うのは地雷男ばかり。半ば諦め気味に上司の紹介で医師の和馬とお見合いすると、以前地雷男から助けてくれた男性だった。彼はエリートなのに平凡な杏樹と趣味も嗜好も相性ぴったりで互いに運命の人だと確信する。「あなたを逃したくない」その夜情熱的に結ばれ、すぐに新婚蜜愛生活が始まり!?

ルネッタブックス

オトナの恋がしたくなる♥

これから誰に抱かれるのか、
ちゃんと見てて

規格外の男前社長 × 恋愛下手な純情女子

ISBN978-4-596-52488-1 定価1200円＋税

跡継ぎ目当ての子づくり婚なのに、クールな敏腕御曹司に蕩けるほど愛されています

RIRISU

りりす

カバーイラスト／弓槻みあ

結婚願望はないが病気の祖母に曾孫の顔を見せたい美緒は、同じく、跡継ぎの子どもが欲しい女性不信の御曹司・芝崎の誘いに乗って子づくり込みの友情結婚をすることに。地位も金もあるイケメンだが恋愛感情はいらないという芝崎は、なぜか美緒とは理想の結婚だとやたらと甘やかしてくる。誠実で優しい彼にいつしか友達以上の気持ちを覚え悩む美緒は!?

ルネッタ ブックス

オトナの恋がしたくなる♥

愛してるから、守りたい。永遠に

一級建築士のワイルド社長×ふんわり系の色白な新妻

ISBN978-4-596-52714-1　定価1200円＋税

野獣な御曹司社長に食べられちゃう⁉

小柄な若奥様は年上夫に今夜も甘く溶かされています

MIKARI ASOU

麻生ミカリ

カバーイラスト／藤浪まり

唯愛は家業の危機を助けてくれた縁で建設会社若社長の太陽と大学卒業後すぐ結婚したが、彼は新婚旅行でもなかなか手を出してこない。病の父に頼まれ同情して結婚してくれたのではと悩むが、彼は年齢と体格差故に遠慮していただけで…。「キスだけで、もう蕩けた顔してくれるんだな」小柄な唯愛は大柄で逞しい彼に溺愛され激しく食べられ抱き潰されて⁉

Lunetta

ルネッタ🄻ブックス

地味な派遣OLの私ですが、再会した一途な御曹司に溺愛されています

2023年11月25日　第１刷発行　定価はカバーに表示してあります

著　者　**緒莉**　©ORI 2023
発行人　鈴木幸辰
発行所　株式会社ハーパーコリンズ・ジャパン
東京都千代田区大手町 1-5-1
03-6269-2883（営業部）
0570-008091　（読者サービス係）

印刷・製本　中央精版印刷株式会社

Printed in Japan ©K.K.HarperCollins Japan 2023
ISBN978-4-596-52928-2